GAIR AM YR A...

Cafodd Michael Coleman ei eni yn Forest Gate, Dwyrain Llundain. Yn ystod taith ei fywyd, o fod eisiau bod yn chwaraewr pêl-droed i fod yn awdur llawn amser, mae wedi gweithio fel gweinydd, rhaglennydd cyfrifiaduron, darlithydd prifysgol, ymgynghorydd sicrhau ansawdd meddalwedd a gweithiwr elusennol. Mae'n briod ac mae ganddo bedwar o blant.

Wrth sôn am *Tag*, meddai Michael Coleman, 'Mae awduron yn gofyn cwestiynau rhyfedd i'w hunain drwy'r amser. Un o fy rhai i oedd: "pam nad yw dy ffrindiau gorau yn yr ysgol gynradd yn aml iawn yn ffrindiau gorau i ti yn yr ysgol uwchradd?" Un arall, wrth i mi deithio ar y trên oedd: "pwy chwistrellodd y graffiti ar y waliau wrth ochr y rheilffordd ger gorsaf Waterloo – a pham y mentron nhw eu bywydau'n gwneud hynny?" Rywfodd, daeth y ddau gwestiwn hyn (a'r atebion sydd gen i iddyn nhw) at ei gilydd. *Tag* oedd y canlyniad.'

michael coleman

Addasiad Elin Meek

RILY

I Janice Goldie

TAG
ISBN 978-1-904357-24-7

Rily Publications Ltd
Blwch Post 20
Hengoed
CF82 7YR

Cyhoeddwyd am y tro cyntaf gan Orchard Books yn 1998

Cyhoeddwyd yn wreiddiol yn Saesneg fel *Tag*
Tag © Michael Coleman 1998

Addasiad gan Elin Meek
Hawlfraint yr addasiad © Rily Publications Ltd 2010

Mae Michael Coleman wedi datgan ei hawl dan Ddeddf Hawlfraint,
Dyluniadau a Phatentau 1988 i gael ei gydnabod fel awdur y llyfr hwn.

Noddwyd gan Lywodraeth Cynulliad Cymru

Cysodwyd gan Wasg Dinefwr, Llandybïe, Sir Gaerfyrddin

Argraffwyd a rhwymwyd yn y Deyrnas Unedig
gan CPI Cox & Wyman Ltd, Reading, Berkshire.

www.rily.co.uk

Y mae cyfaill yn gyfaill bob amser.
Llyfr y Diarhebion, 17:17

Pennod Un

'D-dwi ddim yn gwybod ble i dd-ddechrau.'

Dwi'n ceisio dweud y frawddeg ond mae gen i atal dweud. Mae bob amser yn waeth pan fyddaf i o dan bwysau.

'Mae'n hawdd, Pete,' medd Shiner yn dawel, yn union fel gweith-iwr cymdeithasol. 'Dechreua yn y dechrau.'

Mae e'n eistedd gyferbyn â mi. Yr unig obaith sydd gen i nawr yw ei fod wir eisiau gwneud ymdrech i ddeall.

Felly, dyma ni. Dwi'n mynd i adrodd fy stori i wrtho.

Wel, fy stori i a Motto a dweud y gwir, ond wedyn mae Shiner yn gwybod hynny. Mae e'n gwybod yn well na neb hefyd pam nad yw Motto'n gallu rhoi ei ochr e o'r stori. Cyrhaeddodd yn syth ar ôl i'r ddamwain ddigwydd, wedi'r cyfan. Fel fi, gwelodd yr olygfa ofnadwy â'i lygaid ei hun.

A does dim angen i mi ddweud fy holl gefndir wrtho.

Mae'n gwybod mai Peter Ellis yw fy enw; 'Pete' i'r rhan fwyaf, 'P-P-Pete' i'r ychydig creulon, a 'Peter' i neb, bron â bod, heblaw am fy mam.

Mae'n gwybod fy mod i a Motto – yn arfer bod – yn ffrindiau gorau.

Ond dwi ddim yn siŵr a ydy e'n gwybod fy mod i'n ddieuog. Mae'n rhaid i mi wneud iddo gredu hynny. Nid fi oedd ar fai am beth ddigwyddodd i Motto.

7

Felly, er na fydd hi'n hawdd, dwi'n mynd i roi'r stori i gyd iddo.
Mae e'n haeddu gwybod y gwir.

Mwy na hynny. Mae **angen** *iddo wybod y gwir.*

'O'r gorau,' meddaf i. 'O'r dechrau...'

Roeddwn i'n teimlo fy mod i wedi adnabod Motto erioed. Hynny yw, beth yw dy atgof cyntaf di? Atgof cyntaf rhai plant yw chwarae pêl-droed gyda'u tad, neu wylio'u mam yn cario cacen ben-blwydd a channwyll neu ddwy'n fflam arni.

Motto yw fy atgof cyntaf i.

Roedden ni'n byw mewn dwy stryd oedd yn rhedeg yn gyfochrog â'i gilydd. Dydy hynny ddim yn golygu bod yr un faint o arian gyda'n teuluoedd ni. Wyddost ti sut mae hi'n gallu bod yn bwrw glaw ar un ochr y stryd ond nid ar y llall? Wel, dyna sut roedd hi yn ein hardal ni. Roedd gan stryd Motto statws ychydig yn uwch na'n stryd ni. Ond i lawr wrth ffens yr ardd gefn, fyddet ti byth yn dweud hynny.

Beth bynnag, mae'n rhaid ein bod ni'n dau wedi crwydro i lawr i gefn ein gerddi ar yr un pryd. A dyna'r atgof sydd gen i: fi a Motto'n parablu wrth ein gilydd drwy ddarnau hen ffens bren, fel carcharor yn siarad â'i ymwelydd.

O hynny ymlaen, tyfon ni gyda'n gilydd. Cwympodd y ffens ac adeiladon ni guddfan o'r darnau. Wedi hynny bydden ni'n treulio'r rhan fwyaf o'r diwrnodau yno. Petaet ti'n adio'r holl amser at ei gilydd, mae'n debyg y gwelon ni'n dau fwy ar ein gilydd nag y gwelon ni ar weddill y byd.

Newidiodd dim byd pan ddechreuon ni yn yr ysgol. Os rhywbeth, roedden ni'n gweld mwy ar ein gilydd nag erioed. Ar ôl treulio diwrnod yn yr un dosbarth bydden ni'n mynd 'nôl i'r guddfan gyda'r nos i chwarae gemau, gan gymryd tro i fod yn ffoaduriaid oedd yn cuddio rhag yr heddlu – neu, fwy na thebyg, Lorna, chwaer Motto.

'Wnei di ddim mynd ati hi, na wnei?' ymbiliai Motto petai Lorna'n ceisio fy mherswadio i ymuno â pha bynnag gêm oedd ganddi hi ar y gweill. Hyd yn oed yn yr oedran hwnnw, byddai'r ddau ohonyn nhw'n ymddwyn fel petaen nhw'n methu dioddef ei gilydd.

'Byth,' byddwn i'n dweud. 'Dwi'n ffrind i ti, on'd ydw i?'

'Cris-croes, tân poeth?' Byddai'n croesi ei galon a rhoi ei law dros ei wddf fel petai'n ei dorri â chyllell.

Byddwn i'n chwerthin ac yn addo, 'Cris-croes, tân poeth.'

Yn y bôn, fe fyddwn i wedi bod yn ddigon hapus i Lorna gael ymuno â ni. Doedd gen i ddim brawd na chwaer, ac allwn i ddim deall pam y byddai Motto eisiau cuddio rhag ei chwaer. Efallai petaen nhw'n cael cyfle arall...

Beth bynnag, yr hyn dwi'n ei ddweud yw fy mod i'n methu â chofio adeg pan nad oedd Motto a minnau'n ffrind-iau. Neu, o ran hynny, pan nad oedd llawer o ffrindiau o gwmpas Motto. Wel – dyna sut roedd hi'n ymddangos. Pryd bynnag y byddwn i'n gweld criw o blant ar y buarth neu'r tu allan i gatiau'r ysgol, gallet ti fentro y byddai Motto yn eu canol nhw.

Roedd ganddo lwyth o ffyrdd o wneud ei hun yn ganol-bwynt y sylw. Os nad oedd e'n cynnig benthyg ei gomic diweddaraf i unrhyw un oedd â diddordeb, roedd e'n tynnu rhywbeth fel broga marw allan o fag plastig.

Un diwrnod fe welais i fe'n dal concyr enfawr. Roeddwn i'n gwybod mai wedi ei godi o'r llawr dan y goeden yn ei ardd yr oedd e. Ond fyddai Motto byth yn gadael i ffeithiau fel yna ei rwystro.

'Edrychwch arno fe!' bloeddiai nerth ei ben. 'Mae hwn wedi ennill pedair mil saith deg naw gornest! Mae'n dod o'r un goeden yng Nghoedwig Sherwood lle roedd Robin Hood yn arfer neidio allan ar ben Sheriff Nottingham!'

Byddai tyrfa'n casglu o'i amgylch bob amser ar ddiwrnod cyntaf tymor y gwanwyn, pan fyddai'n mynd drwy'r jôcs bach roedd e wedi'u cadw o bob cracyr Nadolig oedd wedi cael eu tynnu gan y teulu.

Sut mae buwch yn taro hoelen? Gyda mwww-rthwl.

Beth mae defaid yn hoffi ei ddarllen? Baaa-rddoniaeth.

Faint o flew sydd ar gefn mochyn? Soch chi'n gwybod? Na finnau chwaith!

Ofnadwy, on'd ydyn nhw? Ond ar ôl tipyn, pan fyddai pawb wedi clywed y jôcs, neu pan fyddai ychydig o holi wedi dangos na allai concyr Motto fod yn dod o Goedwig Sherwood achos doedd dim syniad ganddo fe lle roedd Nottingham, neu pan fyddai rhywun wedi dod â bochdew byw i dynnu sylw oddi wrth y broga marw, byddai'r dyrfa'n dechrau diflannu.

Wedyn byddai'n sylwi arna i yn rhywle ar y cyrion. Byddai'n dod draw, yn rhoi ei fraich am fy ysgwyddau ac i ffwrdd â ni, yn ffrindiau gorau.

'Hei, Pete! Beth wnawn ni chwarae heno? Beth am gêm ryfel? Fe allwn ni esgus mai peilotiaid awyrennau rhyfel ydyn ni ac mai Lorna yw awyren y gelyn…'

Dychymyg: dyna oedd gan Motto. Dyna oedd yn creu'r hud ac yn ei wneud yn rhan o bethau – o leiaf tan i'r hud ddiflannu ac i bawb ond fi fynd i ffwrdd.

Tacteg arall oedd gan Motto oedd creu gemau. Bob ychydig wythnosau byddai'n meddwl am rywbeth newydd a bydden ni i gyd yn tyrru o'i gwmpas i ymuno ag ef. Dim ond wrth i'r gêm ddechrau y bydden ni'n sylweddoli bod gêm gan Motto'n golygu gêm fyddai'n rhoi Motto yn y canol. Gemau fel 'Androidau'.

'Dyma sut mae hi'n gweithio, iawn?' Dwi'n gallu ei weld e nawr, a'i lygaid yn edrych ar bob un ohonon ni yn ein tro wrth iddo egluro. 'Android yw pob un ohonoch chi.'

Rholiodd y gair o gwmpas ei geg, nes gwneud iddo swnio fel y byddai pob plentyn yn rhoi eu bryd ar gael bod yn un. Hyd yn oed pan eglurodd e mai robot ar ffurf ddynol oedd android, roedd e'n dal i swnio'n ddeniadol. Yna daeth at wir ystyr y gêm.

'Fi yw Zygal, Pennaeth yr holl Androidau. Dwi'n eich galw chi'n Droidau. Mae'n rhaid i chi ufuddhau i 'ngorch-mynion i heb ofyn unrhyw gwestiwn!'

Roedden ni'n sgorio pwyntiau drwy ufuddhau i orchmyn-ion fel, 'Caria fy mag yr holl ffordd adref. Rho bapur newydd gwlyb yn y blwch postio 'na. Cura ar y drws 'na a'i baglu hi.' Roedd yr un oedd yn sgorio'r mwyaf o bwyntiau'n cael bod yn Droid yr Wythnos.

Wrth edrych 'nôl, mae'r gêm yn ymddangos yn ddwl. Ond roedd angen defnyddio ein dychymyg ac roeddwn i'n dwlu arni. Dyna pam y digwyddodd y dwyn o'r siop.

Roedd hi'n ddydd Gwener a ninnau ar ein ffordd adref. Roeddwn i dri phwynt ar ei hôl hi i gael bod yn Droid yr Wythnos. Petawn i'n sgorio nawr, sylweddolais, allai neb fy nghuro i.

'Faint o bwyntiau sy am brynu hufen iâ i ti, Bennaeth?'
meddwn i wrth i ni gyrraedd y siopau.

Roedd e'n gwrthod dweud. 'Fe benderfyna i pan wela i'r
dystiolaeth,' meddai.

I mewn â fi i'r siop, gan feddwl yn obeithiol y gallwn i ei
berswadio i roi pedwar pwynt i mi. Yna gwelais y llyfr llof-
nodion.

Un coch oedd e, a'r teitl yn aur. Roedd ar silff o fewn
cyrraedd. Pedwar pwynt yn sicr – petai gen i ddigon o arian
i'w brynu. Edrychais ar draws y siop fach. Wrth y cownter
roedd yr unig un oedd yn gweithio yno'n brysur yn gweini
ar rywun arall. Saethodd fy llaw allan a 'nôl fel neidr. O,
roeddwn i'n gwybod yn iawn na ddylwn i ei ddwyn, dwi
ddim mor dwp â hynny. Ond er gwaethaf hynny, i mewn i'r
siaced yr aeth y llyfr.

Anghofiaf i fyth mo wyneb Motto pan roddais i'r llyfr
llofnodion iddo fe a dweud, 'Faint o bwyntiau sy am ddwyn
rhywbeth, 'te?' Dyna lle roeddwn i'n disgwyl gwên a llon-
gyfarchiadau a'r cyfan gefais i oedd edrychiad cas.

'Beth wnest ti? Ti wedi'i ddwyn e?'

'Newydd wneud.'

Gwthiodd y llyfr 'nôl i 'nwylo i. Roedd y gêm wedi mynd
yn rhy bell, ac roedd e'n wyllt gacwn 'mod i wedi'i difetha
hi.

'Pum pwynt,' meddai'n swta. 'Dwi'n cyhoeddi mai ti yw
Droid yr Wythnos. Nawr, mae'n rhaid i ti fynd ag e'nôl.'

'Mynd ag e'nôl?'

'Ie! Mae dwyn yn anghywir, dwyt ti ddim yn gwybod
hynny?' Roedd ei lais yn llawn panig go iawn wrth iddo
fynnu, 'Wir nawr. Cer ag e'nôl!'

Felly, wrth iddo fy ngwylio o bellter i wneud yn siŵr fy mod i'n gwneud yr hyn ddwedodd e, roedd yn rhaid i mi sefyllian tan i'r gweithiwr siop fod yn brysur eto cyn y gallwn i fynd 'nôl i mewn a rhoi'r llyfr llofnodion 'nôl lle cefais i fe.

Ar y ffordd adref yr unig beth ddwedodd e oedd, 'Mae 'nhad bob amser yn dweud dy fod ti'n cael dy roi yn y carchar am ddwyn.'

A dyna ddiwedd ar chwarae Androidau.

Ond mae'n rhaid ei fod e wedi dweud wrth ei rieni am yr hyn ddigwyddodd. Y diwrnod canlynol, dydd Sadwrn, galwais amdano fe. Lorna atebodd y drws, gan fy ngwahodd i mewn i'r cyntedd tra aeth hi i mewn i'r lolfa i nôl Motto. Gadawodd hi'r drws ar agor, felly clywais i beth gafodd ei ddweud.

'Pete, o'r tŷ yn y cefn sy 'na. Mae e eisiau gwybod ydy Mark yn gallu mynd allan.'

Clywais wich sydyn, fel petai rhywun wedi codi'n gyflym o gadair freichiau ledr.

'Mae'r gwalch bach fan hyn, ydy e? Reit...'

Gwich arall, ac yna llais menyw, ychydig yn ofnus. 'Na, paid...'

'Rho un rheswm da i mi pam...'

'Fe aeth e 'nôl ag e, Dad.' Motto oedd e, yn ymbil drosof i. 'Fe wnes i'n siŵr ei fod e'n gwneud. Felly dyw e ddim yn lleidr.'

Agorodd drws y lolfa led y pen a cherddodd tad Motto allan. Ond mae'n rhaid bod yr hyn ddwedodd Motto wedi helpu. Waeddodd ei dad ddim arna i. Yn lle hynny canolbwyntiodd ar edrych mor frawychus ag y gallai. Roeddwn i'n gwybod ei fod yn dal, o'r troeon pan oeddwn i wedi'i weld o'r blaen, ond nawr edrychai'n enfawr. Gan sefyll uwch fy mhen, a'i fresys wedi llithro oddi ar ysgwyddau ei grys glas ac yn hongian dros ei drowsus, syllodd yn gas arna i tan i mi fwmian, 'Sori,' achos wyddwn i ddim beth arall i'w wneud.

Roedd ei ateb yn fyr ac yn gryno. 'Os clywa i byth eto dy fod ti hyd yn oed wedi meddwl am ddwyn rhywbeth, fe fydda i draw acw fel mellten. Ti'n deall?'

Chefais i ddim amser i ateb. I ffwrdd ag e i fyny'r grisiau, a'i esgidiau trwm yn pwnio'r carped.

O'r tu mewn i'r lolfa clywais Motto'n gofyn, 'Ga' i fynd draw i chwarae gyda Peter, Mam?'

Ochneidiodd hi'n ddwfn. 'Siŵr o fod. Ond...'

Aeth llais mam Motto'n dawel wrth iddi siarad ag e, ond ddim yn ddigon tawel. Clywais i'n glir beth ddwedodd hi. 'Mark, gwranda arna i. Mae Pete yn ffrind bach neis ond mae e braidd yn – wel, dyw e ddim yn glyfar iawn. Ddim mor glyfar â ti. Wyt ti'n deall?'

'Dwi'n meddwl.'

'Hynny yw, mae e'n dy edmygu di. Fe wnaiff e unrhyw beth rwyt ti'n gofyn iddo fe. Felly – wel, cofia hynny, dyna i gyd.'

Mae Shiner wedi bod yn nodio'r rhan fwyaf o'r amser wrth i mi siarad, fel petai wedi disgwyl mai fi oedd yr un a oedd yn dwyn o siop a Motto oedd yr un onest. Ond nawr mae'n edrych yn llawn embaras.

'Rwyt ti'n ei chofio hi'n dweud 'na?' Mae e'n dal i siarad yn dawel, cofia.

Dwi'n codi fy ysgwyddau. Wela i ddim pam y dylai boeni am y peth. Doedd hi ddim wedi dweud unrhyw beth nad oeddwn i'n ei wybod.

'Beth oedd dy oedran di'r pryd hwnnw?'

'Naw.'

'Naw? Felly mae'n rhaid bod hynny tua'r un pryd ag y cafodd dy dad ei—'

Mae'n stopio'n sydyn. Efallai bod hyn achos nad yw e eisiau defnyddio'r gair, ar ôl beth sydd wedi digwydd i Motto.

Felly dwi'n dweud y gair drosto. Mae'n dipyn o ymdrech, ac mae'n un o'r geiriau sy'n gwneud i mi atal dweud o hyd.

'L-l-ladd? Ie.'

Pennod Dau

Roedd Dad yn gyrru trên tanddaearol oedd yn poeri a bustachu ar hyd rheilffordd rhwng awyr agored Swydd Essex a thywyllwch bola buwch o dan ddinas Llundain cyn codi unwaith eto i fynd ymlaen yn swnllyd i leoedd braf fel Richmond. Yno, ar ôl cael seibiant bach, byddai e'n dringo i gaban trên arall a gyrru'r holl ffordd 'nôl.

Yr un peth, ddydd ar ôl dydd – tan y dydd pan fethodd e wneud hynny.

Ar y darn olaf tuag at Upminster roedd e, lle mae'r brif lein rhwng Fenchurch Street a Southend yn rhedeg ar hyd y llinellau trydan yn gyfochrog â'r linell danddaearol. Wrth ddod at hen dwnnel brics, roedd e wedi sylwi ar bentwr o frics ar y brif lein. Roedd rhywfaint o'r gwaith brics ar ben ucha'r twnnel wedi syrthio; naill ai hynny neu roedd rhywun wedi bod wrthi'n fwriadol – ddaethon nhw byth i wybod pa un.

Beth bynnag, roedd hi'n ymddangos nad oedd Dad wedi meddwl ddwywaith. Ar ôl gyrru ar hyd yr un llwybr mor aml, roedd yn gwybod y byddai trên cyflym yn dod i lawr y brif reilffordd unrhyw funud. Roedd wedi stopio a rhedeg draw i geisio llusgo'r brics oddi ar y trac. A bu bron iddo lwyddo. Cafodd ei fwrw gan y trên wrth iddo glirio'r fricsen olaf.

Mae'n rhaid ei fod wedi clywed y trên yn dod. Gallai fod wedi neidio, gan achub ei hunan, dwi'n siŵr y gallai. Ond wnaeth e ddim. Roedd wedi dal ati i symud y darn olaf 'na.

Rhoddodd y papurau sylw i'r ddamwain, wrth gwrs. Cafodd ei alw'n arwr ac ymddangosodd llun ohono yn ei wisg gyrrwr ar rai o'r tudalennau blaen am ychydig ddyddiau.

Torrais un llun allan a dwi'n falch i mi wneud. Wythnos yn ddiweddarach roedd wedi cael ei gladdu ac roedd llun rhywun arall ar y tudalennau blaen. O'm cwmpas i roedd bywyd yn dal i fynd yn ei flaen, yn union fel o'r blaen. Roedd y llun o'r papur newydd yn fy nghadw rhag mynd yn wallgof.

'Dyw e ddim yn dod 'nôl, cariad,' dywedodd Mam, fis neu ddau'n ddiweddarach. Roeddwn i'n eistedd ar y llawr, yn syllu ar y llun.

Doedd hi ddim yn deall, ti'n gweld. Roeddwn i'n gwybod nad oedd e'n dod 'nôl. Doeddwn i ddim mor dwp â hynny. Roedd angen y llun yna arnaf am reswm arall. Cymerodd hi fwy o amser nag arfer i mi egluro pam.

'D-dwi ddim eisiau a-anghofio s-sut roedd e'n e-edrych.'

Efallai mai fy nghof sy'n chwarae triciau ond, tan hynny, dwi ddim hyd yn oed yn cofio bod atal dweud arnaf.

Fe fydda i'n fythol ddiolchgar i Motto am un peth: fyddai e byth yn chwerthin am ben fy mhroblem. Wel – ddim tan… ond dwi'n llamu.

'Dyma P-P-Pete yn dod! Eisiau ch-chwarae, P-P-Pete?'

Byddai Motto'n dweud wrthyn nhw am roi'r gorau iddi,

ac os oedd e'n cael un o'i gyfnodau da fel canolbwynt y sylw, bydden nhw'n gwneud fel roedd e'n dweud.

Roedden ni'n dal i ddefnyddio ein cuddfan ni ond nawr, a Dad wedi mynd, doedd dim byd i'n rhwystro ni rhag defnyddio rhywbeth nad oedd hawl ei ddefnyddio ond ar achlysuron arbennig cyn hynny. Ei gynllun set trenau.

Byddai Mam yn tynnu ei goes, ond a gwên yn ei llais. 'Dyw gyrru trên ddim yn ddigon i'r dyn. Mae'n rhaid iddo fe chwarae â nhw pan fydd e gartref hefyd!'

Ond doedd hi ddim yn gwenu pan fyddai'n rhaid iddi grafu'r rhew oddi ar yr hen gar oedd gyda ni. Roedd y cynllun set trenau'n rhy fawr i'w ffitio yn y tŷ ac roedd hi'n rhy anodd gweithio arno yn yr atig, felly roedd yn llenwi'r garej i gyd.

Oherwydd nid rhyw hen drac bach hirgrwn gyda thrên tila oedd hwn. Roedd popeth ar gynllun set trenau Dad, a oedd wedi'i osod ar fyrddau uchel. Gorsaf Longbridge ei hun, gyda'r tu blaen gwydr. Wyth platfform, dau i drenau'r brif lein a chwech i drenau tanddaearol llinellau District a Metropolitan. A thu hwnt i'r orsaf, roedd popeth y byddet ti'n ei weld petaet ti'n mynd i weld y peth go iawn: seidins, buarthau, blychau signalau, pontydd, twnelau, trychiadau…

Roedd Motto'n dwlu arno. 'Pete! Mae hyn yn wych! Dwed wrth y plant yn yr ysgol am ddod draw! Fe allen ni gael trên yr un, creu ein hamserlenni ein hunain…'

Roedd ei ddychymyg yn mynd fel trên yn barod, ond rhoddais daw arno. Dim ond y tro hwnnw, rhoddais daw arno.

'Na. Dim ond ti a fi. N-neb arall.'

'Ond pam?'

Pam? Roeddwn i'n gwybod pam, ond doeddwn i ddim yn siŵr a allwn i egluro. Roeddwn i'n gwybod mai'r cynllun set trenau oedd yr unig beth go iawn ohono fe'i hunan roedd Dad wedi'i adael ar ei ôl.

Ble bynnag roeddwn i'n edrych, roedd e yn y garej yna. Gallwn ei weld yn gwneud brasluniau a diagramau manwl. Gallwn ei weld yn plygu drostyn nhw wrth iddo ddod â nhw'n fyw, yn torri pren, yn gludio, yn paentio.

Gallwn ei weld, a'i glywed yn siarad yn araf – yn union fel dwi'n siarad yn araf a phobl yn meddwl fy mod i'n dwpach nag ydw i go iawn – wrth iddo gyhoeddi i'w gynulleidfa o un:

'Peter Ellis, Foneddigion a Boneddigesau, yr wyf felly'n cyhoeddi bod y model hwn o orsaf derminws Longbridge... ar agor!'

Wrth gwrs, nid dyna ddiwedd y gwaith. Ychwanegodd drenau a mwy o drac, mwy o adeiladau a phobl. Ond wrth i mi dyfu, byddwn i'n cael helpu. O'r gorau, efallai nad 'helpu' yw'r gair iawn – roeddwn i'n cael meddwl fy mod i'n helpu.

'Ychydig o baent fan 'na, Peter. Gwych! Allwn i ddim bod wedi gwneud yn well fy hunan!'

Neu, 'Dere, Peter. Gwasga'r switsh 'na a bydd y trên ar y lein sy'n mynd am i lawr yn symud. Dyna ni! Ti wnaeth hyn 'na!'

Pethau bach, bach oedden nhw, dwi'n gwybod hynny nawr. Ond ar y pryd doeddwn i ddim yn gwybod. Y cyfan roeddwn i'n ei wybod oedd hyn: pryd bynnag y byddwn i

19

yn y garej 'na gyda fe, byddai e'n gwneud i mi deimlo fel brenin.

Dyna pam na allwn i ddioddef meddwl am unrhyw un heblaw am Motto'n cyffwrdd â'r trenau. Dyna pam, pan soniodd e am wahodd y byd a'i frawd i mewn i chwarae ag e, y gwrthodais i.

'Dad oedd biau fe,' meddwn i. 'D-dwi ddim eisiau iddo fe gael ei d-dorri.'

Roedd Motto fel petai'n deall. 'Rwyt ti'n gweld ei eisiau e, on'd wyt ti?'

Dwi'n cofio nodio, gan wneud fy ngorau i beidio â chrio. Yna, wrth i Motto ddweud rhywbeth wrtha i, allwn i ddim dal yn rhagor a dechreuais feichio crio.

Ond, ar ôl hynny, roedd pethau'n wahanol. Roeddwn i'n dal i feddwl am Dad yn aml, wrth gwrs. Rhoddais y llun papur newydd 'na ohono fe ar wal y garej, hyd yn oed. Ond dwi bron yn siŵr mai dyna'r tro diwethaf i mi grio o'i achos e. Byddwn i'n mynd yn wyllt gacwn, o byddwn – ond wnes i ddim crio eto.

Ti'n gweld, yn fy ffordd fach syml fy hun, roeddwn i'n meddwl fy mod i wedi dod o hyd i rywun yn ei le fe. Roedd Dad bob amser yn gallu gwneud i mi deimlo'n bwysig. Roedd Motto, pa un ai oedd e'n gwybod hynny ai peidio, hefyd yn gallu gwneud hynny.

Pan oedd y dyrfa o'i gwmpas e, dim ond un ohonyn nhw oeddwn i, ar y cyrion. Ond ar ôl iddyn nhw fynd – fel y bydden nhw bob amser ar ôl tipyn – yna byddai Motto'n dod i chwilio amdanaf i eto.

Ar yr adegau hynny roedd hi'n union fel petai Dad yn fyw eto.

'Roedd e'n dy atgoffa di o dy dad?' medd Shiner. 'Dyna rwyt ti'n ei ddweud? Roedd bachgen ifanc yn dy atgoffa di o dy dad?'

O'i roi fel yna mae'n swnio'n dwp, dwi'n gwybod. Dwi ddim yn dweud bod Motto'n ymddwyn fel oedolyn, neu unrhyw beth fel yna. Roedd Mam yno i wneud popeth fel yna.

Yr hyn dwi'n ei ddweud yw mai fe, o'r holl blant oedd o gwmpas, oedd â rhyw fath o syniad sut roedd hi arna i.

'R-roedd e'n fy h-hoffi i,' meddaf yn syml.

Roedd mwy iddi na hynny, er na allaf yn fy myw roi'r manylion i gyd i Shiner. Rywbryd eto efallai, ond nid nawr. Allaf i ddim yn fy myw ddweud wrtho beth roedd Motto wedi'i ddweud a wnaeth i mi feichio crio'r pryd hwnnw.

Roedd e wedi dweud: 'Fe gei di 'nhad i, Pete, unrhyw bryd rwyt ti eisiau.'

Roeddwn i'n meddwl mai gwneud cynnig hael plentyn naw mlwydd oed oedd e, fel petai tadau'n gomics i'w benthyg am dipyn.

Dim ond wrth i'r blynyddoedd fynd heibio y deallais i'r hyn roedd e'n ei olygu go iawn.

Pennod Tri

Dros y cyfnod hwnnw, roedd Mam a mi wedi ymdopi. Fel gyrrwr trên, doedd Dad ddim yn ennill llawer o arian. Mae'n rhyfedd, on'd yw hi, nad yw gweithwyr fel fe, sy'n gofalu am ddiogelwch miloedd o bobl bob dydd, byth yn gwneud llawer o arian, a bancwyr a broceriaid stoc yn gwneud llwyth bob amser?

Beth bynnag – dwi ddim yn gwybod beth yw'r manylion – cafwyd tipyn o arian iawndal ac ychydig o bensiwn gweddw. Gyda'r arian hwnnw, a swydd ran amser Mam yn swyddfa'r post ar y cornel, fe lwyddon ni i ymdopi am gyfnod. Ond erbyn i mi gyrraedd fy ail flwyddyn yn Ysgol Gyfun Long-bridge roedd arian yn brinnach nag oeddwn i wedi sylweddoli.

'Fe fydd yn rhaid i fi gael swydd arall,' meddai Mam wrtha i un noson.

'Pam? Alli di ddim c-cael rhyw fudd-dâl?'

'Na alla, Peter,' meddai hi'n swta. 'Does dim hawl gyda ni i'w gael e.'

Roeddwn i'n wyllt gacwn. 'Pam lai! Roedden nhw'n dweud bod Dad yn arwr, on'd oedden nhw! Dyw'r peth ddim yn iawn!'

Iawn neu beidio, aeth Mam allan a chael ail swydd gyda chwmni glanhau. Does neb eisiau glanhawyr yn glanhau mewn swyddfeydd yn ystod y dydd, wrth gwrs, felly roedd hi i mewn ac allan o'r tŷ bob awr o'r dydd a'r nos. Cefais fy allwedd fy hunan a byddai'r tŷ fel arfer yn wag pan fyddwn yn dod adref.

Wel, bron yn wag. Efallai nad oedd Mam yno, ond byddai un o'i nodiadau bach doniol yno. Hyd yn oed os byddai hi'n brin o amser, byddai hi'n ysgrifennu nodyn i mi.

'Peter Ellis – bwyta rywbeth arall heblaw am y byrgers a'r ffa pob ffiaidd rwyt ti wedi bod yn eu ffrio drwy'r wythnos! Mae caserol yn y ffwrn.'

'Peter Ellis – sut mae'r holl grysau ysgol glân yn diflannu o'r cwpwrdd crasu ond does dim rhai brwnt yn dod i'r golch? Dydyn nhw ddim yn troi'n llwyd mewn rhyw gornel ffiaidd o'r twlc 'na rwyt ti'n ei alw'n ystafell, ydyn nhw? Cer i chwilio amdanyn nhw, fachgen. Heddiw!'

Cefais i dipyn o syndod pan ddaeth Motto i'r ysgol un diwrnod a'i allwedd ei hunan i'r tŷ. Roeddwn i'n gwybod bod ei dad yn gweithio bob awr o'r dydd a'r nos – roedd hynny wedi bod yn amlwg o'r dechrau'n deg – ond doeddwn i ddim wedi sylweddoli nad oedd ei fam prin gartref chwaith.

Cefais wybod pam yr unig dro y gwelais i fe'n defnyddio'r allwedd honno. Y diwrnod y dangosodd e'r allwedd i mi gyntaf oedd e. Dwi'n credu ei fod e eisiau ei dangos hi, felly yn lle dod adref gyda fi ar ôl yr ysgol, aethon ni draw i'w dŷ fe. Roedden ni hanner ffordd i lawr y stryd o'r tŷ pan glywson ni'r synau curo trwm am y tro cyntaf.

Rhegodd Motto. 'Daro. Mae Lorna yno... a gweddill y criw,' ychwanegodd wrth i ni gyrraedd y glwyd flaen a gweld llond y lle o blant drwy ffenest y lolfa, a phawb yn dawnsio i'r curiad trwm.

23

Wrth iddo agor y drws i ni â'i allwedd newydd, daeth Lorna allan o'r lolfa. Gwgodd ei chroeso ar ei brawd. 'Dwyt ti ddim yn meddwl dod i mewn fan hyn, gobeithio? Ti a dy ff-ff-ffrind.'

'A chael ein troi'n ddau froga?' atebodd Motto ac esgus gwenu. 'Dim diolch.'

Roedden ni wedi mynd i mewn i'r gegin, lle roedd Motto wedi gwagio'r oergell, ac ar ein ffordd i fyny'r grisiau, pan agorodd y drws ffrynt led y pen. O'r landin gwelais y gwrthdaro wrth i Lorna ddod wyneb yn wyneb â'i mam.

'Lorna! Beth ddiawl rwyt ti'n meddwl ti'n ei wneud?'

Gwridodd chwaer Motto. 'Ro'n i'n... fe ddwedaist ti na fyddet ti gartref tan y byddai hi'n hwyr...'

'Felly tra dwi allan o'r tŷ rwyt ti'n penderfynu cael parti, wyt ti?'

'Nid parti yw e. Dim ond chwarae cerddoriaeth ry'n ni...'

'Dim ond chwarae cerddoriaeth! Mae'r stryd i gyd yn gallu clywed mai dim ond chwarae cerddoriaeth rwyt ti! Diffodd yr hen beth 'na!'

Erbyn hyn roedd drws y lolfa ar agor led y pen. Yn y lolfa, cafodd y gerddoriaeth ei diffodd yn sydyn gan rywun. Yn y tawelwch disymwth, roedd hanner sibrwd Lorna'n swnio'n glir a thruenus.

'Do'n i ddim yn meddwl y byddai ots gyda ti...'

Prin y cafodd hi amser i ddweud y geiriau. Dyma ei mam yn dechrau arni'n syth, yn hollol wyllt, heb sylwi arnon ni'n sefyll ar ben y grisiau.

'Doeddet ti ddim yn meddwl y byddai ots gyda fi!' gwaeddodd. 'Rwyt ti'n penderfynu llenwi 'nhŷ i â hanner rapsgaliwns Longbridge a doeddet ti ddim yn meddwl y byddai ots gyda fi! Wrth gwrs bod ots gyda fi, ferch!'

'Nid rapsgaliwns ydyn nhw,' meddai Lorna'n grac. 'Fy ffrindiau i ydyn nhw.'

'Maen nhw yn fy nhŷ i! Nid dy dŷ di! Fy nhŷ *i*!'

Aeth Lorna'n benwan. Roedd ei migyrnau'n wyn wrth iddi gau ei dyrnau'n dynn, a gweiddi, 'Wel, os wyt ti mor falch o dy dŷ *di*, pam nad wyt ti byth yma, 'te?'

Am eiliad, edrychodd y fam ar y ferch yn syfrdan. Yna tynnodd ei llaw 'nôl a tharo Lorna ar draws ei hwyneb.

Edrychais ar Motto, gan hanner disgwyl iddo fynd i lawr a helpu i dawelu pethau. Yn lle hynny, dim ond codi ei ysgwyddau wnaeth e, agor drws ei ystafell wely, a mynd i mewn.

Ar waelod y grisiau roedd Lorna'n beichio crio, a'i hwyneb yn ei dwylo. Roedd ei ffrindiau'n arllwys allan o'r lolfa ac i lawr y llwybr. Edrychodd rhai arni'n llawn cydymdeimlad, ceisiodd eraill beidio â chwerthin, ond ni edrychodd y rhan fwyaf ohonyn nhw arni o gwbl.

Pan oedden nhw wedi mynd, cafodd Lorna bryd o dafod.

'Rhag dy gywilydd di, yn ein beirniadu ni fel yna! Mae gan dy dad swydd gyfrifol hefyd, fel rwyt ti'n gwybod yn iawn. A dwi ddim yn treulio amser yn gwneud dim byd. Dwi'n helpu pobl eraill!'

'Wyt ti'n meddwl nad ydw i'n gwybod hynny?' Cododd Lorna ei phen, roedd hi'n dal i grio. 'Byddai hi'n well arna i petawn i'n mynd atyn nhw!'

'Beth wyt ti'n ei feddwl?'

'Wel, fe fyddwn i'n gweld mwy arnat ti taswn i'n prynu 'nillad mewn siop elusen, neu'n rhedeg oddi cartref ac yn

mynd i nôl powlen o gawl bob nos yn y ganolfan i'r di-
gartref...'

'Paid â meiddio gwawdio 'ngwaith i!' Aeth Lorna gam yn
ôl wrth i'w mam godi ei llaw eto. 'Dwyt ti a Mark ddim yn
gwybod eich geni. Mae gan y ddau ohonoch chi lawer mwy
i fod yn ddiolchgar amdano na'r bobl dwi'n cwrdd â nhw
bob dydd – a'r rhai mae dy dad yn cwrdd â nhw, synnwn i
ddim. Felly ddylech chi ddim cwyno os oes rhaid i chi ofalu
amdanoch eich hunain weithiau...'

'Weithiau!'

'Ie, weithiau! Dduw mawr, o dy glywed di'n siarad fe
fyddet ti'n meddwl nad ydyn ni byth yma...'

Aeth hi ddim yn ei blaen. Roedd fel petai hi wedi pender-
fynu ei bod hi'n siarad â'i hunan. Ar ôl dweud 'Cer o
'ngolwg i' yn swta, i ffwrdd â mam Lorna.

Ar waelod y grisiau gwelais pam. Wrth iddi godi'n araf i'w
thraed, roedd llygaid Lorna'n edrych fel diemwntau mewn
wyneb o garreg. Sychodd hi nhw am eiliad, yna rhedodd yn
ffyrnig i fyny'r grisiau. Dim ond pan gyrhaeddodd hi'r landin
a bwrw i mewn i mi, bron, y sylweddolodd hi fy mod i wedi
gweld popeth.

'Ar beth rwyt ti'n syllu?' meddai'n swta.

'S-sori,' meddwn i.

'Beth?'

'Mae'n dd-ddrwg gen i. Am beth ddigwyddodd.'

Edrychodd Lorna arna i'n grac, a'i llygaid yn archwilio fy
wyneb. Meddyliais tybed oedd hi'n meddwl fy mod i'n ceisio
bod yn ddoniol.

'Does dim eisiau i ti fod,' meddai hi, a'i llais yn oer. 'Dwi
ddim.'

O'r tu ôl i ddrws Motto daeth gwaedd. 'Pete! Wyt ti'n dod i mewn neu beth? Gad yr hen sguthan i fod.'

Edrychodd Lorna am eiliad fel petai hi'n mynd i wthio heibio i mi a mynd at Motto. Yn lle hynny, siaradodd hi â mi.

'Beth wyt ti'n ei wneud yma?'

Ddeallais i ddim beth roedd hi'n ei ddweud. 'Fe ddes i gyda M-Motto, on'd do fe?'

'Motto, Motto.' Poerodd hi'r geiriau, bron. 'Dyna'r unig ffrind sydd gen ti?'

'Efallai.'

'Wel, rwyt ti'n dwpach nag roeddwn i'n meddwl felly. Helpa dy hunan, Pete. Cer i ffeindio ffrind arall.'

'Pam? Pam ddylwn i?'

Ysgydwodd Lorna ei phen. 'Dwyt ti ddim yn deall, wyt ti? Dwyt ti ddim yn deall. Pam mae e'n dod 'nôl atat ti drwy'r amser? Yr un rheswm ag y mae merch hardd yn hongian o gwmpas gyda merch blaen. I wneud i'w hunan edrych yn well. Mae e'n hoffi dy gael di o gwmpas achos rwyt ti'n gwneud iddo fe edrych yn dda.'

Cerddodd hi oddi wrtha i wedyn, gan gau drws ei hystafell wely'n glep.

A gymerais i unrhyw sylw o'r hyn ddwedodd hi? Naddo, wrth gwrs. Roeddwn i'n meddwl ei bod hi wedi bod yn ymosod arna i oherwydd ei bod hi wedi ypsetio. I mewn â mi i ystafell Motto.

'Hen bryd hefyd,' meddai. 'Dere, beth wyt ti'n meddwl? Wyt ti'n meddwl y gallwn i ddod i ben â gwisgo fy nhei fel hyn?'

Roedd e wedi troi ei dei ysgol o chwith fel bod y darn llydan wedi'i stwffio i mewn i'w grys a dim ond darn bach yn y golwg. 'Hynny yw, does neb yn yr ysgol i gyd yn gwisgo tei fel hyn, oes e?'

Pennod Pedwar

Roedd chwarae triciau gyda'r wisg ysgol yn un o hoff bethau Motto. Os oedd rhywbeth i fod rhyw ffordd, yna byddai'n ceisio ei newid er mwyn bod yn wahanol.

Roedd y busnes gyda'r tei'n hollol nodweddiadol. Ymhen dau ddiwrnod, roedd pob bachgen yn y flwyddyn yn gwisgo'i dei'r un ffordd ag ef. Pan ddwedodd y pennaeth nad oedd hawl i wisgo tei fel yna, meddyliodd Motto am rywbeth arall – unrhyw beth i edrych yn wahanol i bawb arall.

Byddai'n gadael coler ei grys ar agor. Byddai'n cerdded o gwmpas a'i dei dros ei ysgwydd. Aeth drwy gyfnod pan oedd yn tynnu llewys ei siaced dros ei ddwylo, fel petai'n Ddyn Hanner Anweledig. Ar adegau gwahanol roedd gan goesau ei drowsus grychau fertigol, dim crychau ac – unwaith – crychau llorweddol. Pan waeddodd Mr Stowell, ein Tiwtor Blwyddyn, arno oherwydd hyn, roedd ganddo ateb parod.

'Fel hyn mae morwyr yn gwisgo'u trowsus, syr. Os yw e'n ddigon da i'r Llynges Frenhinol, mae'n ddigon da i fi.'

Cymerodd Mr Stowell y peth yn dda. 'Wel, gad i mi ddweud wrthot ti fel hyn, Mark. Os wyt ti'n dod i'r ysgol yfory a'r trowsus yn edrych fel 'na, fe fydd hi'n 'hwyl fawr' i ti.'

Roedd Motto'n union yr un fath y tu allan i'r ysgol. Roedd e'n arfer edrych yn debyg iawn i'r gweddill ohonon ni, ond cyn hir dechreuodd edrych fel petai wedi bod yn chwilio yn y biniau sbwriel y tu ôl i siop Oxfam. Fel arfer byddai'n gwisgo siwmper goch a thwll yn y penelin, a phâr o jîns brwnt yr olwg. Ac wrth gwrs, tra roedd pawb arall yn gwisgo'r treinyrs diweddaraf, roedd ganddo fe bâr o esgidiau pêl fas gwyrdd â lasys o liwiau'r enfys.

'Dwi ddim yn dilyn y defaid, Pete,' byddai'n dweud.

Roeddwn i'n meddwl bod hynny'n wych. Bod yn ddigon hyderus i beidio â phoeni beth mae'r byd yn ei feddwl, a mynd allan a bod yn ti dy hunan.

Dim ond yn ddiweddarach – dim ond ddyddiau cyn yr hyn a ddigwyddodd iddo fe – y sylweddolais yn y pen draw beth oedd gan Motto mewn gwirionedd. Ac nid hyder oedd e o gwbl...

'Ie, o'r gorau,' mae Shiner yn torri ar fy nhraws yn sydyn. Yna, wrth sylweddoli beth mae e wedi'i wneud, mae'n tynnu anadl ddofn cyn mynd yn ei flaen. 'Wyt ti eisiau dweud wrtha i sut ddechreuaist ti ymhél â'r graff?'

Y graff. Gyda'r un gair yna, mae ei fasg wedi llithro. Y ffordd fer o ddweud graffiti, ac mae e'n arbenigwr arno fe.

'Wel?' meddai wrth i mi oedi.

Dwi'n edrych arno. Mae'n defnyddio'i lais meddal, gweithiwr cymdeithasol eto, ond nawr fe yw'r Shiner roeddwn i'n ei adnabod – y dyn dwi wedi meddwl amdano fel 'Shiner' ers i mi ei weld am y tro cyntaf, yn eistedd ar soffa'n sgleinio'r bathodyn ar ei helmed plismon, yn union fel Aladdin yn rhwbio'i lamp.

Dim ond cwnstabl heddlu oedd e'r pryd hwnnw, nid ditectif arolygydd fel yw e nawr.

Nid bod hynny wedi gwneud llawer o wahaniaeth. Mae'r ffordd mae e'n gofyn cwestiwn yn dal i wneud i fy stumog i gorddi. Ac nid fi yw'r unig un. Roedd Motto'n teimlo'n union yr un ffordd, dwi'n gwybod.

Ond, does dim dewis nawr, mae'n rhaid i mi ei wynebu. Rydyn ni gyda'n gilydd fan hyn, bob ochr i'r bwrdd, ac mae'n rhaid i mi ddweud y gwir wrtho. Yr holl wir, a dim ond y gwir, fel maen nhw'n ei ddweud. Mae'n rhaid i mi ei argyhoeddi fy mod i'n ddieuog.

Felly, dwi'n gorfodi fy hunan i edrych i gannwyll ei lygaid – i lygaid Ditectif Arolygydd Bryan Tomlinson o Heddlu Metropolitan Llundain.

'J-jôc oedd e,' meddaf. 'D-dechreuodd e fel un o jôcs M-Motto...'

Roedd jôcs wedi dod yn un o'r pethau roedd Motto'n eu defnyddio fwyaf i dynnu sylw pobl eraill. Byddai'n dod â'r pethau rhyfeddaf i'r ysgol, pob un wedi'u prynu o'r siop barti yn y dre. Corynnod rwber y byddai'n eu hongian o flaen trwynau pobl yn ystod gwersi, masgiau anifeiliaid y byddai'n eu gwisgo cyn neidio o flaen rhyw druan bach o Flwyddyn Saith, sosejys ffug o gachu ci y byddai'n eu rhoi o dan gadair Mr Stowell.

Chwaraeodd y jôc yna cyn gwers hanes – y pwnc roedd Mr Stowell yn ei ddysgu i ni – a chafodd bryd o dafod o flaen y dosbarth.

Ceisiodd Mr Stowell fod yn sarcastig. 'Wyt ti eisiau bod yn glown yr ysgol?' gofynnodd i Motto.

Dyna'r peth gwaethaf y gallai fod wedi'i ddweud. Goleuodd wyneb Motto wrth glywed y chwerthin aeth o gwmpas y dosbarth.

'Doeddwn i ddim yn gwybod bod gan yr ysgol glown, syr!' atebodd yn glyfar, 'ond os yw'r swydd yn wag, fe gymera i hi!'

Oherwydd hynna, cafodd ei gadw i mewn ar ôl yr ysgol unwaith neu ddwy, a phythefnos o eistedd o dan drwyn Mr Stowell adeg gwersi hanes. Efallai mai dyna pam roedd yn gwrando'n fwy astud nag arfer pan ddechreuodd Mr Stowell sôn am hanes lleol a stori Neifion.

'Neifion'. Dyna roedd pawb yn galw'r cerflun yng nghanol llyn Parc Longbridge, er mai angel oedd e go iawn.

'Roedd y parc i gyd yn arfer bod yn rhan o ystâd teulu Albright,' dywedodd Mr Stowell wrthym, 'hynny yw, tan i'r pedwerydd Iarll golli'r rhan fwyaf o'i ffortiwn yn gamblo. Roedd sylweddoli y byddai e'n gorfod gwerthu'r rhan fwyaf o'r ystâd i dalu ei ddyledion yn ormod iddo. Fe wnaeth e amdano'i hun – cyflawni hunanladdiad.'

'Sut?' gofynnodd Motto, yn gegrwth.

'Rhwyfo allan i ran ddyfnaf y llyn a neidio dros ochr y cwch. Mab yr Iarll gododd y cerflun yng nghanol y llyn i gofio amdano.'

Gwelais law Motto'n codi eto.

'Oedd arfbais gan deulu Albright, syr?'

Roedd Mr Stowell wedi'i synnu gan ddiddordeb Motto, ond roedd e'n amlwg wrth ei fodd. 'Dwy allwedd wedi'u croesi,' meddai. 'Rhai coch, ar gefndir glas golau. Coch a glas oedd lliwiau teulu Albright. Felly roedd gwisgoedd y gweision a'r morynion, er enghraifft, yn y lliwiau hynny.'

'Coch a glas?'

'Ie.' Syllodd yn gas o gwmpas yr ystafell. 'Ac fe fydd y person cyntaf i sôn am Superman yn aros i mewn amser cinio'n gynt nag roedd yr arwr 'na'n gallu mynd o gwmpas y byd!'

Daeth Motto ataf yn syth ar ôl y wers. Roedd e'n edrych fel petai wedi ennill ffortiwn.

'Pete, fachgen, mae Mr Stowell wedi rhoi syniad gwych i mi. Gwych, go iawn.'

Pan ddwedodd beth oedd y syniad, cymerais gam yn ôl. 'Motto. Dwi ddim yn siŵr...'

'Dere. Fe fydd e'n hwyl. Meddylia am yr effaith. Fe fydd eu llygaid nhw'n fawr pan welan nhw fe.'

Mae'n debyg fy mod i'n falch mai ataf i roedd e wedi dod eto. Roedd wedi bod yn mynd o gwmpas gyda chriw arall yn y dosbarth yn ddiweddar, ond ar ôl cael eu cadw i mewn amser cinio oherwydd Motto, roedd hi'n debyg eu bod nhw'n cadw draw oddi wrtho.

'Wel...'

'Pete, os na ddoi di gyda fi, alla i mo'i wneud e. Does dim pwynt meddwl am y peth. Ti yw'r unig un dwi'n ei adnabod y byddwn i'n gallu dibynnu arno i fod yn bartner i mi.'

Partner Motto. Fi a fe. Dyna'r ergyd farwol, fel roedd e wedi tybio.

'O'r gorau,' meddwn i. 'Fe fydd e'n hwyl, bydd, Motto?'

Roedd wedi rhoi ei fraich am fy ysgwyddau. 'Ti'n iawn Pete, fe fydd e'n hwyl a hanner.'

Ychydig cyn deg oedd hi. A hithau'n ganol mis Medi, roedd yr haul wedi machlud ers tro er bod y cochni ar y gorwel yn rhoi digon o olau i ni weld beth roedden ni'n ei wneud.

Cwrddon ni ym mhen dwyreiniol y parc, wrth y glwyd oedd wedi'i chloi. Roedd Motto eisoes wedi dringo dros y ffens ac roedd e'n pwyso yn erbyn y rheiliau rhydlyd pigog yn aros amdanaf.

'Wyt ti wedi dod â phopeth?' sibrydodd wrth i mi ddringo i fynd ato.

'Ydw.' Rhoddais fy llaw ar y bag oedd gyda fi. 'Dau dun o baent. Un coch, un glas. Ro'n i'n gwybod bod rhai yn y garej.'

Cododd Motto'i fawd yn yr awyr. 'Da iawn, bartner.'

Gwnaeth hyn eto wrth i mi ychwanegu, 'Ac fe ges i gwpwl o frwshys newydd hefyd. Do'n i erioed wedi chwilio drwy bopeth o'r blaen. Do'n i ddim yn gwybod faint o stwff oedd gan Dad…'

Ond erbyn i mi ddod i'r rhan olaf doedd Motto ddim yn gwrando. Roedd ar ei ffordd dros y glaswellt tuag at ben deheuol y llyn.

Yno, wrth y tŷ cychod gwyn, roedd clwyd yn agor ar jeti pren. Yn y gaeaf mae'r cychod rhwyfo rwyt ti'n gallu'u llogi yn cael eu storio yn y tŷ cychod. Ond yn yr haf, dydyn nhw ddim yn ffwdanu'u rhoi nhw yno, maen nhw'n eu gadael wedi'u clymu wrth ymyl y jeti.

Dyma ni'n cropian tuag atyn nhw, a'r jeti pren yn gwich-ian yn dawel o dan ein traed. Gwelais broblem ar unwaith – neu felly y tybiais.

'Maen nhw wedi cael eu cadwyno,' sibrydais.

Roedd y gadwyn yn sownd wrth bostyn haearn solet ac yn mynd drwy roloc agosaf y cwch cyntaf, yna ymlaen at bob un o'r cychod eraill cyn cyrraedd ail bostyn ym mhen arall y jeti. Yno, roedd clo mawr trwm.

'Cadwyn fach?' meddai Motto, heb wneud ymdrech i gadw'i lais yn dawel hyd yn oed. 'Beth yw hen gadwyn fach i ddau mor benderfynol â ni?'

Roedd e wedi meddwl am bopeth. Gan blygu i lawr ger y cwch cyntaf, tynnodd sgriwdreifar allan o'i boced.

'Beth wyt ti'n mynd i'w wneud?'

'Rhywbeth hollol sylfaenol, Ellis bach. Fyddet ti'n credu hyn – datod sgriw?'

Ie, dyna'r cyfan oedd ei angen. Datod un o'r sgriwiau oedd yn dal y roloc yn ei le. Dyma Motto'n troi a throi a llithrodd y gadwyn yn rhydd.

'Dyna ti,' meddai. 'Neidia i mewn, Mêt. Mae'n bryd i ni badlo.'

Chwiliais am y rhwyfau. Wnes i ddim meddwl na fydden nhw'n cael eu gadael yn y cychod dros nos. Wrth fethu â gweld rhwyfau gofynnais yn dwp, 'Sut?'

'Drwy ddefnyddio ein dwylo, wrth gwrs. Padla di ar dy ochr di, fe badla i ar f'ochr i.'

Roedd Motto yn ei elfen, yn dod â'r freuddwyd roedd e wedi'i chael y prynhawn hwnnw'n fyw.

'Hei, Pete!' chwarddodd. 'Fe gawn ni fwynhau'r her o badlo!'

Pwysleisio'r 'padlo' wnaeth e, wrth gwrs. Ond nawr, 'her' yw'r gair sy'n aros yn fy meddwl...

O edrych 'nôl nawr, dyna sut *roedd* y noson honno'n teimlo – fel her wallgof. Un wallgof, ond eto her go iawn fel y rhai roedd Motto wedi'u dyfeisio yn y gêm Androidau. Ond y tro hwn doedd neb yn cystadlu â mi am rôl dirprwy i Motto.

Ar ôl newid cwrs sawl gwaith a throi mewn cylch unwaith neu ddwy, cymerodd hi dros ugain munud i ni gyrraedd canol y llyn. Roeddwn i wedi bod yn mynd yn fwyfwy nerfus ar hyd y ffordd. Petai rhywun yn ein gweld ni, fyddai dim dianc. Ond doedd Motto ddim fel petai wedi meddwl am hynny – neu, os oedd e, doedd e'n poeni dim am y peth.

Roedd e'n canu o dan ei wynt wrth iddo roi ei law ym mhoced ei siaced, estyn darn o raff, a chlymu'r cwch wrth y rheiliau oedd yn amgylchynnu'r pedestal sgwâr mawr roedd Neifion yn sefyll arno. Yna, a minnau'n ei ddilyn, neidiodd allan ac ar y pedestal. Petaet ti'n gwneud hynny yn ystod y dydd, byddai helynt a hanner. Byddai sŵn chwibanu mawr ac yna arwydd 'dewch i mewn rhif beth bynnag', hyd yn oed os mai dim ond am gwpwl o funudau roeddet ti wedi bod ar y llyn. Gan hanner disgwyl clywed sŵn chwiban, edrychais draw at y tŷ cychod. Prin y gallwn ei weld drwy'r tywyllwch.

'Damo,' rhegodd Motto. 'Fe fyddai tortsh wedi bod yn syniad da.'

'Mae un gen i,' meddwn yn falch, gan roi fy llaw yn y bag a'i thynnu allan gyda'r tuniau paent a'r brwshys. 'Fe ges i afael arni hi yn y garej hefyd.'

'Pete. Rwyt ti'n athrylith, fachgen! Ble byddwn i oni bai amdanat ti? Dere, dal di hi ac fe af i ati i baentio.'

Rhwbiodd ei ddwylo gyda'i gilydd fel pianydd cyngerdd yn paratoi i roi perfformiad. Gêm hwyliog oedd y cyfan iddo. Ar ôl cael canmoliaeth am ddod â'r dortsh roeddwn i'n teimlo'n well ond, hyd yn oed wedyn, rhoddais fy llaw uwchben y golau'n nerfus wrth i mi ei ddal er mwyn iddo gael dechrau gweithio.

Paentiodd y glas yn gyntaf, gan daro'r paent ar y garreg yn gyflym. Paentiodd flaen yr angel, yna'r cefn a'r adenydd.

'Fe fyddi di'n cochi nawr, angel bach,' chwarddodd.

Ychydig o funudau eto, gyda Motto'n pwyso i'r naill ochr a'r llall wrth esgus bod yn artist, ac roedd y gwaith ar ben.

'Gwych!' meddwn i.

Roedd Motto wedi gwneud gwaith da. Yr eiliad honno roeddwn i'n meddwl mai dyna'r peth mwyaf doniol roeddwn i wedi'i weld erioed.

Doedd corff Neifion ddim yn wyrdd rhyfedd a chachu adar gwyn drosto mwyach. Diolch i Motto, roedd yr angel bellach yn gwisgo gwisg las, gyda phâr o bants coch llachar.

'Dyna ti, fy angel,' gwenodd Motto. 'Rwyt ti'n gwisgo lliwiau teulu Albright eto.'

'Ond gan edrych fel Superman!' chwarddais.

'Cyd-ddigwyddiad llwyr, Pete. Fel y gweli di pan fydda i'n ychwanegu arfbais teulu Albright at ei ben-ôl.'

Ar gefn pants coch yr angel roedd Motto wedi gadael darn heb ei baentio ar ffurf pâr o allweddi wedi'u croesi. Wrth i mi ddal y dortsh, paentiodd y darn yn ofalus, fel petai'r cerflun yn llyfr lliwio carreg.

'Dyna ni,' meddai ar ôl iddo orffen. ''Nôl i'r cwch, Rhif Un. Mae'n bryd i ni fynd am y porthladd.'

Wrth stwffio popeth i'r bag, camais yn ofalus o'r pedestal ac i mewn i'r cwch. Gan ddal y dortsh, ac yn sefyll o hyd, rhoddais olau i Motto gael gwneud yr un fath.

Ond erbyn hyn, roedd fy nerfau bron â mynd yn rhacs. Y cyfan roeddwn i eisiau ei wneud oedd mynd i ffwrdd, i ffwrdd o'r cysgodion a'r synau uchel oedd yn atseinio allan o geg Motto.

'Dere, Motto! Gad i ni fynd!'

Ond roedd gan Motto fwy o ddiddordeb mewn edrych ar ei waith unwaith eto. Dyna beth achosodd y ddamwain.

Wrth godi ei goes yn lletchwith dros y rheilen isel, bachodd ei droed ynddi a dyma fe'n hanner camu, hanner cwympo i mewn i'r cwch. Yn syth, dyma'r cwch yn siglo'n wyllt o'r naill ochr i'r llall.

Cwympodd am 'nôl a gweiddi. Roeddwn i'n meddwl ei fod yn mynd i blymio'n syth dros y starn ac i mewn i'r llyn. Ond ar yr eiliad olaf taflodd ei law i gydio yn yr ochr, gan wneud i'r cwch droi'n wyllt tuag ato.

Dyna pryd y collais i fy nghydbwysedd. Gwnes fy ngorau glas i atal fy hunan rhag cwympo, ond gwnaeth hynny i'r cwch droi'n fwy eto. Y tro hwn doeddwn i ddim yn gallu sefyll yn syth. Gan gwympo 'nôl, gollyngais y dortsh. Cwympodd i mewn i'r llyn.

Ac yna, cyn i mi sylweddoli, dyma fi'n mynd ar ei ôl, gan rolio 'nôl fel bod fy nghoesau'n diflannu dros yr ymyl ac i mewn i'r dŵr oerllyd.

'Motto!' gwaeddais, gan ddal fy ngafael am fy mywyd.

Roeddwn i'n ofnus, yn ofnus dros ben. Dwi'n gallu nofio, ond ddim yn ddigon da i ymdopi â llwyth o ddillad gwlyb. Hyd yn oed fel roedd hi, gallwn i deimlo fy jîns gwlyb yn dechrau fy sugno i lawr.

'Helpa fi!'

Symudodd e ddim. Roeddwn i'n meddwl ar y pryd mai ceisio cadw cydbwysedd y cwch roedd e, ond o wybod yr hyn dwi'n ei wybod nawr, mae'n debyg ei fod e'n rhy ofnus i symud. Beth bynnag oedd y rheswm, dyna'r peth gorau wnaeth e yn y diwedd. Petai wedi ceisio gafael ynof fi, byddai'r cwch wedi troi drosodd yn bendant ac yna bydden ni'n dau wedi bod mewn trafferth.

Fel roedd hi, gyda Motto'n aros yn llonydd ac yn cadw pethau'n wastad, llwyddais i lusgo fy hunan ymlaen a chydio yn un o'r planciau oedd yn rhyw fath o sedd yn y cwch. Gan godi fy nghoesau gwlyb allan o'r dŵr, tynnais fy hunan dros yr ymyl. Ar ôl eiliad fach i symud fy nwylo, tynnu anadl ddofn a gwthio ymlaen yr eildro, roeddwn i 'nôl yn y cwch eto.

'Wyt ti'n iawn?' meddai Motto, gan swnio'n falch ryfeddol.

Dechreuais wasgu'r dŵr allan o goesau fy nhrowsus. 'Ydw, fwy neu lai.'

Dyma ni'n rhofio'r dŵr yn wyllt i gyrraedd pen draw'r llyn. Ar ôl gadael y cwch lle roedd, baglodd y ddau ohonom allan o'r parc, gan wahanu ar waelod stryd Motto. Funud neu ddwy'n ddiweddarach roeddwn i yn y tŷ.

Roeddwn i'n oer.

Roeddwn i'n wlyb.

Ond, am ryw reswm, roeddwn i'n teimlo'n wych.

'Chwarae plant difeddwl,' meddai Shiner. Mae'n pwyso dros y bwrdd tuag ataf, a'i lygaid yn galed fel petai e'n ceisio cadw'i lais o dan reolaeth. 'Wyt ti'n dweud wrtha i mai dyna sut dechreuodd y cyfan? Chwarae plant difeddwl.'

'Ie. Ond...'

'Ond. Ond beth?'

Mae Shiner yn ceisio fy mwlian i a dwi ddim yn mynd i adael iddo wneud. Dwi'n mynd i ddweud wrtho sut roedd hi. Dwi wedi cael amser i feddwl am y peth, i weithio'r peth allan.

Mae'n ddrwg gen i am Motto, yn ddrwg iawn. Efallai petawn i'n gwybod popeth dwi'n ei wybod nawr, y gallai pethau fod wedi bod yn wahanol – er fy mod i'n amau hynny. Roedd y peth yn mynd i ddigwydd doed a ddelo.

Felly dwi'n edrych draw ato, ac yn ysgwyd fy mhen. 'Doedd e ddim yn dd-ddifeddwl. Mae difeddwl yn golygu g-gwneud rhywbeth heb wybod pam.'

'Ac rwyt ti'n dweud wrtha i fod gen ti reswm?'

'Ydw.'

Oedd, roedd rheswm. Roedd Motto'n gwybod beth oedd e drwy'r amser. Dim ond y diwrnod canlynol y sylweddolais i'n llawn beth oedd e.

Pennod Pump

Wrth gwrs, aethon ni draw i'r parc ar y ffordd i'r ysgol y bore canlynol er mwyn gweld ein gwaith. Awgrymodd Motto hynny'r eiliad y cwrddon ni, a chytunais i'n syth. Er syndod i mi, roeddwn i eisiau'i weld e cymaint ag roedd e.

Pan welon ni Neifion, curodd Motto fy nghefn. Roedd e wrth ei fodd.

'Edrych ar hyn 'na, fachgen! Edrych arno fe, wir!'

Yn haul y bore bach, allai neb fethu â gweld beth wnaethon ni i Neifion. Roedd y cerflun wedi'i baentio yn disgleirio, a'r arfbais gyda'r allweddi wedi'u croesi ar ei ben-ôl yn gwbl amlwg.

Ond, er ei fod e wrth ei fodd, nid oherwydd yr her yr aeth Motto ati i baentio'r cerflun. Dyna sylweddolais i pan gyrhaeddon ni'r ysgol.

I ffwrdd â mi i gyflwyno rhyw waith cartref. Erbyn i mi ddychwelyd, roedd Motto wrth y peiriant gwerthu diodydd ac yn adrodd yr hanes, a thyrfa fawr o'i gwmpas. Dyna pam roedd Motto wedi paentio Neifion: eisiau cael cyfle i siarad am y peth roedd e.

'Fe aethon ni i mewn i un o'r cychod rhwyfo, padlo i ganol y llyn yn y tywyllwch, paentio Neifion, a phadlo 'nôl eto. Fe fues i bron â chwympo i mewn a boddi sawl tro!'

41

Aeth murmur o gwmpas y dyrfa. Doedd pawb ddim yn credu'i stori.

'Ewch i weld drosoch eich hunan. Mae Neifion yn edrych yn union fel Superman nawr. Fe baention ni drosto fe i gyd. Teits glas a'r pants coch perta' weloch chi erioed!'

Roedd clywed y chwerthin yn sbardun iddo ddweud rhagor. 'Ac,' meddai'n bwysig i gyd, 'i goroni'r cyfan, fe roddon ni arfbais y teulu Albright arno fe.' Gwenodd wrth feddwl am ddywediad bachog. 'Neu efallai y dylwn i ddweud "i goroni ei ben-ôl e", achos dyna lle baention ni fe – ar ei ben-ôl e!'

Roedd e'n llwyddo i ennyn eu chwilfrydedd nhw. Roedd plant yn gwneud cynlluniau i fynd i'r parc i weld y cerflun ar ôl yr ysgol. Ac, wrth i mi sefyll yno ar y cyrion, roeddwn i'n mwynhau. Alla i ddim â gwadu'r peth. Roedden nhw'n siarad am rywbeth roeddwn i wedi bod yn rhan ohono.

Yn syth wedyn daeth criw oedd flwyddyn yn hŷn na ni ar hyd y coridor. Mae'n rhaid eu bod nhw wedi clywed beth roedd Motto wedi bod yn ei ddweud; roedd wedi bod yn gweiddi dros bob man, wedi'r cyfan.

Roedd Lorna yn eu plith nhw. Ers y ddadl â'i mam yn eu tŷ nhw roedd hi wedi newid. Doeddwn i ddim wedi gweld gwên ar ei hwyneb, heblaw am pan oedd hi'n siarad â'i chriw bach dethol o ffrindiau. Yn hytrach roedd hi'n edrych yn galed i gyd.

Wrth iddi fynd heibio, edrychodd hi ddim ar Motto hyd yn oed. Ond allai Jody Vahl, y ferch oedd yn cerdded wrth ei hochr, ddim peidio â dweud rhywbeth. Cododd law ar gynulleidfa Motto.

'Beth yw hyn, Motto? Amser stori i rai o dan bump oed?'

Gwelais Lorna'n rhoi hanner gwên i'r bechgyn oedd y tu ôl iddi wrth i Jody ddal ati, yn llawn coegni. 'Pa stori dylwyth teg sy gyda ti heddi, 'te? Paid â dweud wrtha i. "Sut paentiais i fy nghampwaith ar y llyn." Beth ddefnyddiaist ti, Motto? *Dyfr*lliwiau?'

Chwarddodd y criw. A rhai o gynulleidfa Motto hefyd. Gallwn weld y byddai e'n eu colli nhw petai e'n methu taro 'nôl yn syth.

Dyna pryd edrychodd e i fyny a 'ngwèld i. Cydiodd ynof fi fel petawn i'n rhaff achub. 'Dy'ch chi ddim yn fy nghredu i? Gofynnwch i Pete. Roedd e yno. Dere, Pete, dwed ti wrthyn nhw. Fe wnaethon ni fe gyda'n gilydd, on'd do fe? Ti a fi.'

Wrth iddo ddweud hyn, trodd pawb i edrych arna i. Am eiliad roeddwn i wedi fy syfrdanu.

Doeddwn i ddim yn siŵr beth i'w ddweud, neu sut i'w ddweud – tan i mi weld y gymysgedd o anghrediniaeth a difyrrwch ar eu hwynebau. Gallwn eu clywed nhw'n meddwl, bron. P-P-Pete Ellis? Yn gwneud rhywbeth cŵl fel hyn?

Roedd hyn, wel... yn deimlad gwych. Cefais hwb o hyder nad oeddwn i wedi'i gael erioed o'r blaen.

'Mae Motto'n dweud y gwir,' meddwn i. 'Ewch i weld drosoch eich hunain. Ni wnaeth e. Y paentio, yr arfbais, popeth.'

'Wnaethoch chi roi tag arno fe hefyd?'

Fe ddiflannodd fy eiliad fawr bron cyn iddi gyrraedd yn iawn. Nawr, trodd y llygaid tuag at un o'r bechgyn yng nghriw Lorna, un mawr cryf o'r enw Terry Quarm. Wrth ei ochr, roedd ei ffrind Karl Anstice oedd yn llawer mwy deallus. Roedd yntau'n edrych fel petai'r holl beth yn ddibwys iddo fe.

Wrth i Motto oedi, gofynnodd Terry Quarm eto. 'Fe ofynnais i gwestiwn, wnaethoch chi roi tag arno fe? I brofi mai chi wnaeth e?'

Ond ni atebodd Motto eto. Wrth ochr Terry Quarm, rhoddodd Karl Anstice ochenaid ddramatig. 'Mae'n rhaid i ti roi tag ar dy graffiti, Motto. Dim tag, dim prawf. Dim prawf, dim enwogrwydd.'

Ysgydwodd Terry Quarm ei ben. 'Dy'n ni ddim yn meddwl mai ti wnaeth e, Motto.'

'Ie, fi wnaeth, dwi'n dweud wrthoch chi!'

'Sori, Motto.' Roedd Karl Anstice wedi tynnu hances boced allan ac roedd e'n sychu ei lygaid. 'Fel dwedais i, dim tag, dim prawf. Fe fydden ni'n hoffi dy gredu di, ond...' Dyma fe'n esgus chwythu ei drwyn. 'Alla i ddim! All dim un ohonon ni dy gredu di. Iawn, fechgyn?'

Dilynodd y criw i gyd ei arweiniad drwy ddechrau esgus crio a llefain a hynny'n troi'n chwerthin mawr wrth iddyn nhw symud i lawr y coridor.

Dros ei ysgwydd, gwaeddodd Terry Quarm. 'Wyt ti eisiau gweld graffiti go iawn, Motto? Cer i weld y Magic Roundabout!'

Edrychais ar Motto. Fel fi, dwi ddim yn credu bod ganddo syniad am beth roedd Terry Quarm wedi bod yn sôn. Dyna pam roedd e wedi methu â rhwystro i'w eiliad fawr – ein heiliad fawr – gael ei suro.

Ond o weld yr olwg yn ei lygaid roeddwn i'n gwybod ei fod am ddod i wybod.

Welais i mohono fe wedyn drwy'r dydd. Dwi'n cael rhai gwersi ar fy mhen fy hun, ac roedd gen i lawer ohonyn nhw'r diwrnod hwnnw.

Gwersi ar fy mhen fy hun. Roeddwn i'n casáu'r peth ar y dechrau. Roedd bod ar fy mhen fy hun yn gwneud i mi deimlo fel un o'r rhedwyr yna rwyt ti'n eu gweld nhw mewn rasys hir yn y gemau Olympaidd – ti'n gwybod, y rhai sy'n mynd dros y llinell hanner awr ar ôl pawb arall. Doedd dweud eu bod nhw'n wersi ar gyfer fy 'anghenion addysgol arbennig' ddim yn helpu chwaith. Roedd yn gwneud i mi deimlo fy mod i'n dioddef o ryw glefyd heintus a bod rhaid fy nghadw draw oddi wrth bawb arall tra byddwn i'n cael triniaeth ar ei gyfer.

Ond nawr, dwi'n eu mwynhau nhw. Mae'r athrawon sy'n fy helpu yn iawn ar y cyfan, ac mae gwaith un ac un yn fwy fel sgwrs nag unrhyw beth arall. Yn y dosbarth, mae'n aml yn teimlo fel petawn i'n chwarae peiriant ffrwythau gwyllt. Mae'r athro'n tynnu'r ddolen ac – fel y ffrwythau – mae'r ffeithiau'n mynd o gwmpas mor gyflym dwi'n methu gweld y gwahaniaeth rhyngddyn nhw. Hyd yn oed pan dwi'n llwyddo i'w stopio nhw, dydyn nhw ddim yn y lle iawn. Oren, lemon, afal. Anghywir, anghywir, anghywir. Llinell arall lle dwi'n colli.

Beth bynnag, erbyn i mi fynd allan ar ddiwedd y dydd, roedd Motto wedi mynd. Cerddais drwy'r parc, gan ddisgwyl ei weld yn cael cip arall ar Neifion, ond doedd dim sôn amdano. Byddai wedi mwynhau petai wedi bod yno.

Roedd y si wedi mynd ar led. Roedd heidiau o blant o gwmpas y llyn, yn edrych ar Neifion fel petai'n atynfa i dwristiaid a nhw oedd yr ymwelwyr. Dim ond camerâu oedd ar goll.

Dechreuodd rhai ohonyn nhw bwnio'i gilydd a phwyntio tuag ata i. Byddai Motto wedi aros a mwynhau'r sylw, ond cerdded ymlaen wnes i.

Daeth Motto draw yn nes ymlaen y noson honno. Roedd gan Mam swydd lanhau hwyr, felly roedd hi gartref pan gyrhaeddais yno. Roeddwn i wedi bwyta'n gynnar oherwydd nad oedd rhaid i mi goginio swper fy hunan.

Pan gyrhaeddodd Motto roeddwn i allan yn y garej. Agorodd e'r drws led y pen i weld beth roeddwn i'n ei wneud.

'Rwyt ti'n tynnu'r hen set drenau yn ddarnau, wyt ti? Syniad da. Fe gei di dipyn o arian am y rheina. Mae'n rhaid bod dy dad wedi talu tipyn am yr injans 'na.'

Roedd yn rhaid i mi ddweud wrtho. 'Nid ei d-dynnu e'n ddarnau dwi. Ei ymestyn e dwi.'

Roedd Motto'n methu peidio â chwerthin. 'Beth? Wyt ti'n dal i chwarae â'r stwff 'ma?'

'Pam lai? Roedd Dad yn gwneud.'

Agorodd ei geg i ddweud rhywbeth, yna penderfynodd beidio. Yn lle hynny, daeth draw i gael gwell golwg. 'Beth wyt ti'n ei wneud 'te?'

Roeddwn i eisiau dweud wrtho fy mod i'n dal wrthi'n gwneud gwaith oedd ar y gweill ers oesoedd. Ond ei fod e heb sylweddoli hynny. Ar ôl bod yn llawn brwdfrydedd ar y dechrau, doedd Motto ddim wedi bod yn poeni llawer am ddefnyddio'r trenau.

Ond os rhywbeth, roeddwn i wedi dod yn fwy awyddus, hyd yn oed. Po fwyaf roeddwn i'n edrych ar y trenau bach, mwyaf roeddwn i'n ei weld i'w edmygu yng ngwaith llaw Dad. Fel fi, doedd e ddim yn hynod o ddeallus, ond doedd dim gwahaniaeth am hynny. Roedd wedi cynhyrchu rhyw-beth na fyddai ymennydd yn unig wedi bod yn ddigon i'w gynhyrchu. Roedd wedi adeiladu'r cyfan o'i galon, ac yn ddiweddar roeddwn i wedi dechrau meddwl tybed na allwn i wneud yr un fath.

Felly, ar yr adegau hynny pan oedd cylch ffrindiau Motto'n ehangu ac roedd e'n galw i weld plant eraill, roeddwn i wedi dychwelyd at fy hen ffrind yn y garej.

'Mae Gorsaf Longbridge wedi cael ei hymestyn ers i Dad wneud hyn,' eglurais. 'Felly dwi'n ceisio'i diweddaru hi.'

Wrth i mi ddweud hyn, edrychais draw at y wal bron yn awtomatig. Roedd y llun o'r papur newydd yn melynu erbyn hyn, ond doeddwn i erioed wedi ystyried ei dynnu i lawr. Roeddwn i eisiau iddo weld fy ngwaith i.

Chwythodd Motto nes bod ei fochau'n fawr. 'Fyddwn i ddim eisiau bod yn dy le di. Maen nhw fwy neu lai wedi ailadeiladu'r lle'n ddiweddar, on'd ydyn nhw?'

Roedd e'n dweud y gwir. Ers i Dad wneud cynllun y trenau bach, roedd Gorsaf Longbridge wedi cael ei hymestyn yn sylweddol i greu platfform ar lefel is i drenau lein District oedd yn mynd drwodd. Nawr roedden nhw'n mynd i mewn i dwnnel wrth iddyn nhw ddod at yr orsaf, yn aros, ac yna'n codi ym mhen pella'r orsaf wrth fynd ar eu ffordd i Upminster.

Dyna'r gwaith roeddwn i'n ceisio gwneud model ohono. Roeddwn i wedi meddwl am ddefnyddio persbecs wedi'i fowldio fel na fyddai'r trenau oedd yn mynd am y lefel is yn diflannu, ond yn aros yn y golwg.

Roeddwn i'n egluro hyn i gyd i Motto pan agorodd drws y garej eto a daeth Mam i mewn.

'Dewch, chi'ch dau, allan o'r ffordd. Does dim amser gan rai ohonon ni i sefyllian o gwmpas yn siarad.'

Gan wthio ei ffordd rhyngon ni, aeth hi am y silffoedd oedd ar y wal ym mhen draw'r garej. Roedd garej Dad, fel roeddwn i wedi darganfod wrth chwilio am y tuniau o baent coch a glas, yn drefnus iawn. Roedd y cypyrddau a'r silffoedd yn daclus iawn. Hefyd, roedd y pethau roedd e'n eu defnyddio'n aml – llifiau, morthwylion, sbaneri ac ati – yn hongian o fyrddau oedd ag amlinell pob dim wedi paentio arno, felly roedd hi'n amlwg yn syth os oedd unrhyw beth ar goll.

Ac roedd rhywbeth ar goll.

'O...' Roedd Mam wedi aros, a'i llaw yn hofran dros amlinell wag. 'I ble'r aeth y dortsh 'na, tybed?'

Y dortsh roeddwn wedi'i gollwng yn y llyn. Roeddwn i wedi rhoi'r tuniau paent 'nôl, ond yng nghyffro'r noson flaenorol roeddwn i wedi anghofio popeth am y dortsh.

Daeth Motto i'r adwy, gan feddwl yn gyflym fel arfer. 'Mae'n rhaid bod y dortsh wedi'i g'leuo hi, Mrs Ellis!'

Rhoddodd fy mam bwniad chwareus ar ochr ei fraich. 'Cer o 'ma!' Trodd ataf i. 'Peter, mae'r bwlb wedi mynd yn y cwtsh dan stâr. Alla i ddim gweld beth dwi'n wneud a dwi ar ei hôl hi. Wyt ti wedi gweld y dortsh?'

Roedd fy nhafod yn gwrthod gweithio. Dim ond edrych yn anobeithiol ar yr amlinell ar y bwrdd y gallwn ei wneud. 'Alla i ddim c-cofio,' meddwn o'r diwedd.

'Arhoswch eiliad.' Motto oedd yn siarad, yn hollol bendant. 'Dwi'n cofio nawr. Fi fenthycodd hi, Mrs Ellis. Cwpwl o

48

wythnosau 'nôl. Roedd Mam a Dad allan fel arfer, chi'n gwybod, ac allwn i ddim dod o hyd i'n tortsh ni. Felly fe ddes i draw fan hyn. Fe ofynnais i ti, Pete. Roedd dy ben yng nghanol y trac, wyt ti'n cofio?'

Chefais i ddim cyfle i ateb. Daliodd Motto i siarad, ac ysgwyd ei ben. 'Roedd e wedi ymgolli'n llwyr, Mrs Ellis. Mae'n siŵr nad oedd e'n sylweddoli 'mod i wedi'i benthyg hi. Fe gydiais i yn y dortsh ac i ffwrdd â fi. Mae'n ddrwg gen i. Fe af i'w nôl hi nawr.' Trodd Motto am y drws, yna arhosodd a gwgu. 'Os galla i gofio ble dwi wedi'i rhoi hi...'

Ond roedd Mam eisoes yn gwthio'i ffordd allan o'r garej. 'Does dim ots, Motto. Does dim amser gen i. Gad e nawr. Fe ddof i ben.'

'Wps,' gwenodd Motto pan oedd hi wedi mynd. 'Fe fuest ti bron â'n cael ni i ddyfroedd dyfnion, Pete.' Chwarddodd. 'Fel dy dortsh di!'

'Fe fydd yn rhaid i mi g-gael un arall.'

'Anghofia'r peth. Mae un neu ddwy gyda ni. Fe ddof i ag un draw a dweud na allwn i ddod o hyd i'r un fenthycais i.'

'Fydd dy dad ddim yn gweld eisiau'r dortsh?'

'Dyw e ddim yn gweld fy eisiau i a Lorna pan nad ydyn ni yno, felly dwi ddim yn meddwl ei fod e'n mynd i weld eisiau tortsh.'

Pylodd gwên Motto. Caeodd ei lygaid am eiliad. 'Erbyn meddwl, efallai y byddai e *yn* gweld eisiau tortsh.'

Dyna sylw bach arall dwi'n sylweddoli nawr i mi ei gam-ddeall. Roeddwn i'n meddwl mai jôc oedd e. Roeddwn i'n gwybod pam nad oedd tad Motto o gwmpas rhyw lawer – roedd pawb yn gwybod hynny, doedd hi ddim yn gyfrinach.

Roedd pawb yn tybio nad oedd gwahaniaeth gan Motto. Dwi'n gwybod yn wahanol nawr. Mae pawb yn gwybod.

'Fe af i i nôl torsh arall ar ôl yr ysgol yfory,' ychwanegodd Motto. Roedd sôn am hyn wedi'i atgoffa pam roedd wedi dod draw yn y lle cyntaf. 'Hei, Pete. Dere gyda fi. Mae gen i rywbeth i'w ddangos i ti.'

'Beth?'

'Y Magic Roundabout. Y lle soniodd Terry Quarm amdano. Fe es i draw 'na ar ôl yr ysgol. Pete, mae e'n lle a hanner.'

Pennod Chwech

Roedden ni'n galw'r lle yn Magic Roundabout ar ôl yr hen raglen deledu i blant, ond y Bandstand oedd yr enw swyddogol arno: llwyfan crwn wedi'i godi, reit ynghanol y Gerddi Coffa, a phedwar piler tal yn dal y to gwyn disglair.

Roedd y Gerddi Coffa'n lle tawel a phoblogaidd. Roedd hi'n amlwg beth oedd eu pwrpas gwreiddiol yr eiliad roeddet ti'n mynd drwy'r gatiau. Yno, roedd darnau o wenithfaen lwyd yn ffurfio rhyw fath o wal, ac arnyn nhw roedd enwau'r rhai oedd wedi marw yn y ddau ryfel byd. O'u blaenau nhw roedd croes wenithfaen dal. Roedd torch o flodau ar waelod y groes bob dydd o'r flwyddyn.

Ond nid cofio'r meirw oedd unig bwrpas y gerddi. Roedden nhw wedi'u rhoi yno i'r rhai oedd yn fyw hefyd. Roedd llwybrau yn mynd o gwmpas gwelyau o flodau a rhosod, ac roedd meinciau ar hyd yr ymylon.

Dyna oedd diben y Bandstand. Yn ystod misoedd yr haf bydden nhw'n aml yn cynnal cyngherddau amser cinio yn y Gerddi Coffa. Roedd Dad yn arfer eu mwynhau nhw. Roedd e wedi mynd â mi yno sawl gwaith, gan eistedd mor agos ag y gallen ni at y bandstand. Doeddwn i ddim wedi mwynhau'r gerddoriaeth ryw lawer, ond roeddwn wedi dwlu ar y gwisgoedd coch a'r offerynnau pres yn disgleirio yn yr haul.

'Mae'n rhaid i ti fynd yn agos,' meddai Motto wrth i ni gyrraedd y gatiau. 'Dwyt ti ddim yn gallu'i weld e tan i ti fynd yn agos. Dyna pam mae e mor wych.'

I ffwrdd ag ef, ond aros wnes i. Oherwydd mai dyna roeddwn i'n arfer ei wneud, siŵr o fod. Byddai Dad bob amser yn stopio ac yn aros am eiliad, a'i lygaid yn edrych ar y wal lwyd a'r groes dal.

Roedden nhw wedi cael eu paentio.

Roedd cylchoedd o baent, yn hyll a salw, dros y slabiau, yn cuddio rhai o'r enwau. Roedd llinell goch hir yn dolennu ei ffordd draw at y groes. Roedd gweithiwr yn ceisio glanhau'r paent. O flaen y cyfan roedd hen wraig, a thorch o flodau yn ei dwylo, a'i llygaid yn llawn dagrau.

Roedd Motto bron wedi cyrraedd y Magic Roundabout. Trodd i weld ble roeddwn i, yna amneidiodd arnaf yn gyffrous i ddod ato. Erbyn i mi gyrraedd yno roedd e wedi rhedeg i fyny'r grisiau dwbl oedd yn mynd yr holl ffordd o gwmpas y bandstand, ac roedd e'n pwyntio uwch ei ben.

'Dyna fe. Am hwnna roedd Terry Quarm yn sôn.'

Edrychais i'r un cyfeiriad. Ar ben to'r Magic Roundabout, lle roedd y to'n dod at ei gilydd fel copa, roedd y llythrennau S-U-N.

'Sun? Beth yw ystyr hwnna?'

Eglurodd Motto ar unwaith. 'Dwi wedi bod yn holi. Tag criw yw e.'

Doeddwn i ddim yn deall.

'Enw yw tag. Pan fyddi di'n paentio rhywbeth – ti'n gwybod, fel paention ni Neifion – fe ddylet ti roi tag arno fe. Felly rwyt ti'n profi mai ti wnaeth e a neb arall. Mae tag criw'r un fath. Ond mai enw criw ydy e. Giang,' ychwanegodd, rhag ofn nad oeddwn i'n deall o hyd.

Ond roeddwn i'n deall yn iawn. Dyna beth oedd wedi digwydd i'r gêm Androidau.

Edrychodd Motto eto ar y llythrennau. 'Y peth arall dwi wedi'i ddysgu am dagiau yw eu bod nhw i fod i olygu rhyw-beth.'

'Ydyn nhw? Felly beth yw ystyr SUN?'

'Roedd un bachgen ym mlwyddyn Lorna'n meddwl mai "Smart and Uncatchable" oedd e.' Wrth syllu i fyny ychwan-egodd, 'Dwi'n credu bod y darn cyntaf yn gywir beth bynnag. Allai hi ddim â bod yn hawdd mynd lan fan yna.'

Gallwn weld beth roedd e'n ei feddwl. Rhaid bod brig y to o leiaf dri metr a hanner o'r llawr. I'w gyrraedd, byddai'n rhaid dringo i'r trawstiau oedd yn cynnal y to, yna hongian gerfydd un llaw a chydio mewn can chwistrellu â'r llall.

Doedd hynny ddim yn amhosibl – ond gan fod cwymp enfawr ar goncrit yn debygol o hollti penglog unrhyw un a fyddai'n llithro, doedd e ddim yn hawdd chwaith.

'Beth yw ystyr y gweddill 'te?' gofynnais i Motto, oher-wydd nid tag S-U-N oedd yr unig lythrennau ar y nenfwd.

'Mae'n amlwg. Tagiau unigol criw SUN ydyn nhw.'

Dyma fe'n eu dangos nhw i mi fesul un, fel rhywun sy'n syllu ar y sêr yn dangos y cytserau yn awyr y nos. Roedd pedwar tag arall y gallwn i eu gweld.

PSG, mewn priflythrennau, a blaen saeth ar y llinell lor-weddol ynghanol yr G.

ZIP, i'w ddarllen yn fertigol, o'r top i'r gwaelod.

H12U, gyda'r U yn edrych fel wyneb yn gwenu.

Tel, a'r llythrennau'n glwm, a gwaelod y T yn ymestyn i lawr ac yn troi i'r dde i danlinellu'r cyfan.

'Criw o bedwar,' meddwn i. 'Trefnus iawn.'

'Criw o bump,' meddai Motto. 'Mae un arall. Edrych.'

Roedd e'n gywir, ond doeddwn i fawr callach hyd yn oed ar ôl iddo ei ddangos i mi. Roedd yn edrych fel rhif 8, ond gyda blaen y pen wedi'i dorri fel hyn – α. Roedd yn rhaid i Motto droi ei ben sawl gwaith cyn iddo ddeall beth oedd e.

'Alffa yw hwnna, dwi'n meddwl. Llythyren gyntaf yr wyddor Groeg. Mae'n aml yn cael ei ddefnyddio mewn fformiwlâu mathemateg.'

Roeddwn i'n ei gredu. Roedd Motto yn y set uchaf am wersi mathemateg ond i mi roedd yn bwnc oedd yn gwneud i'r peiriant ffrwythau droi fel y gwynt.

'Alpha,' meddai Motto'n dawel. 'PSG, SIP, H12U, Tel ac Alffa. Criw SUN.'

Roedd e'n gwneud i'r cyfan swnio fel petai'n gweddïo.

'Dyna'r hoelen olaf yn yr arch,' meddai Shiner. Dwi'n gallu gweld ei bod hi'n anodd iddo reoli ei dymer am y peth hyd yn oed nawr.

'Pan gafodd y Gerddi Coffa eu taro, fe ddeffrodd pobl fan hyn o'r diwedd a phenderfynu gwneud rhywbeth am fandaliaeth graffiti. O'r diwrnod hwnnw ymlaen, roedd e'n mynd i gael ei atal.'

Mae ffolder fawr ganddo ar ei gôl, yn llawn darnau o bapurau newydd ac adroddiadau. Mae'n ei hagor i ddod o hyd i un darn yn agos at y blaen, yna, mae'n ei throi i mi gael ei weld.

'Welais ti hwnna, do fe?'

Roeddwn i wedi'i weld. Roedd Motto wedi dangos y darn i mi ar y pryd. Erthygl o'r papur newydd oedd e, yn dweud bod Uned Gwrth

Graffiti'n cael ei sefydlu i fynd i'r afael â phroblem fandaliaeth graffiti oedd ar gynnydd. Roedd gwahanol grwpiau wedi cytuno i fod yn rhan o'r peth – y gwasanaethau cyhoeddus, trafnidiaeth, yr heddlu.

Wrth ei ochr roedd ffotograff bach o'r swyddog oedd yn gyfrifol. Mae e wedi heneiddio ychydig ers iddo gael ei dynnu, neu efallai mai dim ond ôl straen yr hyn ddigwyddodd sydd arno. Ond mae'n amlwg yn llun o'r dyn sy'n eistedd gyferbyn â mi. Mae'r pennawd o dan y llun yn cadarnhau hyn: 'Y Ditectif Arolygydd Bryan Tomlinson fydd yn arwain yr Uned Gwrth Graffiti newydd.'

'Roeddech chi'n g-gwybod am griw SUN, oeddech chi?'

Mae Shiner yn nodio. 'Doedd gen i ddim gwybodaeth am bwy y gallen nhw fod, ond ro'n i'n gwybod eu bod nhw wedi bod o gwmpas.' Mae'n byseddu tudalennau'r ffolder yn wyllt. 'Nid dim ond y Gofeb Ryfel roedden nhw wedi'i thargedu, nage?'

Dangosodd Motto hynny i mi.

Ar ôl ymweld â'r Magic Roundabout cerddon ni o gwmpas y dre a'r ardal o'i hamgylch. Roedd y daith yn agoriad llygad.

Roedd tagiau criw SUN ym mhob twll a chornel – ac nid dim ond wedi'u chwistrellu dros waliau noeth wrth dir diffaith chwaith, er eu bod nhw wedi gwneud digon o'r rheini.

'Edrych. Lan fan 'na!' ebychodd Motto wrth i ni fynd heibio i'r maes parcio aml-lawr.

Rywsut roedden nhw wedi llwyddo i baentio wal allanol y dec uchaf. Roedd tag y criw, a phob un o'r tagiau unigol i fyny fry i'r byd gael eu gweld. Allwn i ddim â dyfalu sut y llwyddon nhw, ond roedd yr ateb gan Motto.

'Mae'n rhaid eu bod nhw wedi helpu'i gilydd,' meddai. 'Wedi cymryd tro i sefyll ar wal y llawr oddi tano, yna, tra oedd y lleill yn cydio'n dynn, pwyso allan i roi tag ar y wal uwchben. Cŵl, neu beth?'

Dyna oedd ei ymateb bob tro.

'Fe fydden nhw wedi gorfod symud yn gyflym,' meddai pan welon ni dag criw SUN ar y bwa sy'n arwain at y llwybr cerdded sy'n atseinio ac yn olau i gyd o dan y gylchffordd. 'Gwaith cyflym a threfnu da. Does braidd dim lle i guddio. Mae'n rhaid bod un ohonyn nhw wedi bod yn gwylio, ddwedwn i. Mae'n rhaid bod.'

Roedd Motto'n gwirioni ar y graffiti ar y targed mwyaf diflas, fel yr is-orsaf drydan lwyd ar gornel Sheringham Avenue, oedd i'w gweld o gatiau'r ysgol. Pwyntiodd at y tair rhes o weiren bigog ar ben y ffens oedd o'i hamgylch, a tharo'i fysedd ar yr arwydd rhybuddio coch a'r fellten yn symbol arno.

'Fe fentron nhw'u bywydau i mewn fan 'na,' meddai Motto o dan ei anadl. 'Maen nhw'n ddewr. Mae'n rhaid i mi gyfaddef hynny.'

*

'Dewr?' meddai Shiner. Mae'n tynnu ei law flinedig dros ei lygaid. 'Dyna pam roedd e'n eu hoffi nhw?'

'I r-raddau,' meddaf. 'Ond roedd m-mwy iddi na hynny.'

Llawer mwy. Ond dwi ddim yn barod am hynny eto, a dwi ddim yn credu bod Shiner chwaith. Fe ddof i at y rhan honno o'r stori'n ddigon buan, beth bynnag. Wedyn bydd yn rhaid i'r ddau ohonon ni ail-fyw hunllef yr hyn ddigwyddodd i Motto.

Efallai bod Shiner, hefyd, yn synhwyro nad yw hi'n bryd gwneud hyn eto, oherwydd mae'n troi ei ffolder o gwmpas i mi gael ei gweld eto. Y tro hwn mae'n dangos ffurflen adroddiadau i mi.

56

'Roedden ni'n cofnodi pob man roedd criw SUN yn ei baentio ar ffurflen fel hyn,' medd ef. 'Fe ddechreuodd pob math o wybodaeth ein cyrraedd. Digwyddiadau, mesurau diogelwch, popeth.'

Mae'n troi tudalen. 'Dyma'r adroddiad cyntaf amdanoch chi'ch dau.'

Does dim angen i mi edrych arno. Dwi'n gwybod am beth mae e'n sôn.

'Y depo bysiau?'

Mae Shiner yn ochneidio. 'Ie. Y depo b-bysiau.'

Pennod Saith

Ar ôl gweld graffiti SUN o gwmpas y dref, roeddwn i wedi synhwyro bod Motto wedi newid. Soniodd amdanom ni'n gwneud rhywbeth tebyg.

'Ond rhywbeth da,' meddai. 'Rhywbeth arbennig. Fe fyddai'n rhaid iddo fe fod yn arbennig. Fel Neifion, ond…'

Roeddwn i'n gwybod beth fyddai'n dod nesaf. Roedd yr olygfa yn yr ysgol gyda Terry Quarm, Karl Anstice a'r criw, pan gafodd ei eiliad fawr ei suro, yn dal i'w frifo.

'…ond wedi'i wneud yn iawn y tro hwn,' meddai Motto. 'Gyda tagiau. Fe fyddai'n rhaid i ni gael ein tagiau ein hunain, Pete.' A dechreuodd dreulio ambell funud bob hyn a hyn yn y dosbarth yn dwdlan pethau ar ddarnau o bapur a'u stwffio wedyn i'w boced yn gyflym pan fyddai'r wers yn dod i ben.

Oeddwn i'n meddwl yr un fath? Mae'n debyg fy mod i. O leiaf, roeddwn i'n gweld bod hyn yn bwysig i Motto. Gwelais pa mor bwysig oedd e pan aethon ni i mewn i'r ganolfan siopa un prynhawn Sadwrn.

Fel arfer fe fydden ni'n sefyllian o gwmpas – fel hanner y rhai yn eu harddegau yn Longbridge, neu felly roedd hi'n ymddangos. Y ganolfan siopa oedd y lle i gael dy weld. Byddai criwiau'n treulio'r prynhawn yn sefyllian neu'n eistedd ar seddi, wedi'u gwisgo yn eu dillad mwyaf cŵl ac yn chwerthin ychydig yn rhy uchel.

Roedd Terry Quarm, Karl Anstice a rhai o'r lleill ym mlwyddyn Lorna'n gwneud hynny pan ddaethon ni ar eu traws nhw.

Newydd ddod allan o siop nwyddau ceir roedden ni. Roedd Motto wedi mynd amdani'n syth ar ôl i ni gyrraedd. Roeddwn innau wedi dilyn, heb feddwl gormod am y rheswm dros fynd i mewn i'r siop. Yna gwelais ef yn mynd draw at y caniau chwistrellu paent – y math o beth mae modurwyr yn ei ddefnyddio i guddio tolciau a chrafiadau bach ar eu ceir – ac fe sylweddolais i'n sydyn.

Roedd y ferch wrth y til yn llawer mwy craff. 'Gobeithio nad yw'r rhain yn mynd i gael eu defnyddio ar gyfer unrhyw beth dwl,' meddai hi wrth i Motto roi ei arian iddi.

Edrychodd Motto arni'n dwp. 'Beth ry'ch chi'n feddwl?'

'Ti'n gwybod beth dwi'n feddwl. Graffiti.'

Gwên, ac yna ateb parod. 'Ddim oni bai fod 'nhad yn gwneud graffiti. Mae e eisiau'r rhain i baentio'i reilffordd fodel.'

Gwingais wrth glywed ei eiriau, ond ddwedais i ddim byd. Doedd e ddim wedi bwriadu fy mrifo. Dweud y peth cyntaf ddaeth i'w ben wnaeth e, dyna i gyd.

Yna, fel dwedais i, fe ddaethon ni ar draws criw Lorna. Doedd hi ddim gyda nhw, ond sylwais ar Jody Vahl yn eistedd ar sedd wrth ochr Karl Anstice. Yn lolian gerllaw roedd Terry Quarm a rhai o'r lleill roeddwn i'n eu hadnabod.

Terry Quarm gymerodd y cam cyntaf. Wrth i Motto fynd heibio, heb sylwi ei fod yno, dyma Terry Quarm yn ymestyn ac yn cipio'r bag allan o'i ddwylo.

'Caniau, Motto?' gwawdiodd, gan roi ei law yn y bag. 'Beth wyt ti'n mynd i'w wneud gyda'r rhain, 'te? Rhagor o graffiti dienw?'

Wrth ei glywed, daeth Karl Anstice draw. A gwên ar ei wyneb, tynnodd allan y dderbynneb roedd y person wrth y til wedi'i rhoi yn y bag gyda'r caniau.

'Ac fe *brynaist* ti nhw? Mot-to. Dwyt ti ddim yn gwybod dim byd? Dyw tagwyr ddim yn prynu'u caniau. Maen nhw'n eu dwyn nhw. On'd ydyn nhw, Lorna?'

Roedd Lorna wedi cyrraedd o rywle i ymuno â'r criw oedd yn chwerthin. Ond ymunodd hi ddim yn yr hwyl. Gan wthio'r bag roedd hi'n ei gario draw at Jody Vahl, cipiodd y can o fysedd Terry Quarm a cheisio llusgo Motto i ffwrdd.

'Dyna ti, Lorna,' gwaeddodd Jody, gan chwerthin, a'i cheg ar agor led y pen a'i gwefusau'n goch. 'Dwed ti wrtho fe! Dwed wrtho fe na fyddai Mami a Dadi'n hapus!'

Syllodd Lorna'n gas arni i'w thawelu, yna trodd at Motto. Ond doedd ei brawd ddim yn teimlo fel gwrando arni. Gan droi oddi wrthi, meddai e wrth Terry Quarm a'r gweddill.

'Arhoswch chi. Fe gewch chi weld. Fe ddangoswn ni i chi!' Trodd ataf i wedyn. 'Fi a Pete!'

A minnau wedi cael fy nal yn y canol, yr unig beth sylweddolais i oedd bod llawer gormod ohonyn nhw a bod angen cefnogaeth ar Motto. 'I-ie!'

'Motto a P-P-Pete,' chwarddodd Quarm. 'Y ddeuawd ddeinamig!'

Y tro hwn cydiodd Lorna ym mraich Motto, a'i llygaid yn fflamio. Roedd hi'n edrych yn fwy na pharod i'w lusgo i ffwrdd os oedd rhaid, ond doedd dim rhaid iddi. Penderfynodd Motto ei fod wedi cael digon, a gadawodd iddi hi ei symud o glyw y lleill.

'Mark,' hisiodd. 'Gad hi, wnei di?'

Chymerodd Motto ddim sylw. Roedd e fel petai heb ei chlywed hi. 'Fe *wnaf* i ddangos iddyn nhw, o gwnaf.'

Cydiodd Lorna yn ei fraich eto, ond y tro hwn roedd hi'n ymddangos i mi fel merch ofnus yn hytrach na merch flin a chrac.

'Gad hi, dwedais i! Dwyt ti ddim yn eu nabod nhw fel dwi.'

Unwaith eto, chymerodd Motto ddim sylw, dim ond syllu i'w llygaid a dweud, 'Cer allan o 'mywyd i, Lorna. Reit allan!'

Edrychodd hi arno ac, am eiliad, symudodd hi ddim. Yna roedd fel petai hi wedi rhewi. Heb ddweud gair, trodd ar ei sawdl a cherdded 'nôl at ei ffrindiau a oedd yn wên o glust i glust.

Dilynais Motto allan o'r ganolfan siopa, heb ddweud dim wrth iddo ddal i sibrwd, 'Fe ddangosa i iddyn nhw. Fe ddangosa i iddyn nhw…'

Cymerodd hi ddiwrnod neu ddau iddo feddwl am syniad ond, ar ôl y digwyddiad yn y ganolfan siopa, doedd gen i ddim amheuaeth y byddai'n meddwl am rywbeth. Ond y syniad ei hun roddodd ofn i mi.

Soniodd am y peth yn ystod ein gwers Celf. Celf a Dylunio, dyna fy mhynciau da i. Dyna'r math o ymennydd sydd gen i, mae'n debyg. Alla i ddim gwneud symiau i achub fy mywyd, ond dwi'n gallu tynnu lluniau ac adeiladu pethau – fel y rheilffordd fodel gartref – dim problem. Dwi'n gallu gweld darlun yn fy mhen a gwneud iddo ddod yn fyw.

Beth bynnag, dwi yn y dosbarth gyda phawb arall yn gwneud Celf a hanner ffordd drwy un o'r gwersi y cafodd Motto'r syniad. Roedd ein hathrawes, Ms Halley, newydd orffen ei sgwrs hanner awr arferol ac roedden ni wedi ein rhannu'n barau, Motto a finnau, i wneud gwaith ymarferol. Ein tasg ni oedd archwilio golau a chysgodion. Roeddwn wedi dod o hyd i fan da i ni wrth y ffenest, lle roedd pelydryn cul o heulwen yn dod i mewn ar ongl yn hyfryd.

Doedd Motto ddim wedi ymddangos yn rhy awyddus. Am ryw reswm, roedd bob amser yn well ganddo gael man ynghanol yr ystafell. Ond doedd dim heulwen yn llifo i mewn i ganol yr ystafell, felly roedd e wedi gorfod dod draw gyda mi. Hyd yn oed wedyn, roedd e wedi eistedd ychydig draw o'r ffenest.

Hynny yw, tan iddo ei weld. Yna cododd ar ei draed ac, ar ôl gwneud ymdrech fawr, symudodd yn agos at y gwydr.

'Pete. Edrych. I lawr fan 'na.'

Cefais gip ar Ms Halley i wneud yn siŵr ei bod hi'n ceisio gwneud ychydig o farcio fel arfer, a dyma fi'n plygu i edrych gyda fe.

Edrychais i lawr. I lawr go iawn hefyd. Roedd yr adeilad lle roedden ni, Bloc C, yn bedwar llawr ac mae'r ystafell Gelf ar y trydydd llawr. Mae'n edrych dros South Park Drive, y ffordd sy'n rhedeg o'r gogledd i'r de heibio i'r ysgol. Mae'n hen adeilad, a sôn bob amser ei fod yn mynd i gael ei ailwampio, ei ailbaentio, ei ailbopeth, ond fydd dim yn digwydd byth.

Ond, er ei fod yn hyll, mae'n glasur o'i gymharu â'r depo bysiau gyferbyn. Hwn oedd yr adeilad erchyll sgwâr o frics coch roedd Motto'n pwyntio tuag ato.

'Wyt ti'n ei weld e?' sibrydodd.

'Y depo?'

'Nid y depo. Y bws.' Dros y ffordd, roedd bws deulawr yn gwthio ei drwyn i mewn i'r traffig. 'Beth wyt ti'n feddwl?'

'Beth dwi'n feddwl am beth?'

'Paentio hwnna.'

Doeddwn i ddim yn deall o hyd. 'Y bws, ti'n feddwl?'

'Beth wyt ti'n feddwl, dwed?' meddai'n swta, 'y llinellau gwyn yng nghanol y ffordd? Ie, y bws. Y bws 'na.'

Oddi tanom, roedd y bws deulawr yn chwyrnu o gwmpas y cylchdro ac yn troi i mewn i South Park Drive. Gwylion ni fe wrth iddo wichian ac aros oddi tanom, a'i injan yn curo.

Ym mhen blaen y dosbarth, roedd Ms Halley wedi pen- derfynu ei bod hi'n amser iddi roi mwy o sylw i ni. Rhoddodd ei marcio i lawr, a dechrau cerdded o gwmpas yr ystafell. Wrth i ni droi 'nôl at ein lluniau, meddyliais am y syniad.

Bws ysgol oedd y bws roedd Motto'n siarad amdano. Bob dydd roedd e'n cyrraedd yno, gan aros am ryw ddeng munud tan y byddai'r gloch yn canu a'r plant yn mynd arno. Ond beth oedd ei syniad?

'Paentio'r tu fewn, ie?' sibrydais.

Ysgydwodd Motto ei ben. 'Defnyddia dy ddychymyg, fachgen. Nid y tu mewn. Y tu allan! Ei do fe, hyd yn oed. Ti'n gweld?'

Gan bwyso drosodd, edrychais i lawr ar do'r bws. 'Y to? Rwyt ti'n tynnu 'nghoes i!'

'Na, dwi ddim,' meddai Motto o dan ei wynt. 'Meddylia am y peth. Ein tagiau ni ar y bws 'na, yn eistedd y tu allan i'r ysgol i bawb lan fan hyn eu gweld nhw. Mae e'n berffaith!'

Efallai ei fod e'n berffaith. Ond roedd problem amlwg.

'Sut gwyddon ni pa fws i'w dargedu? Rhaid bod dwsin o fysiau maen nhw'n eu defnyddio ar y llwybr 'na.'

Roedd yr ateb i'r broblem ganddo. 'Ddim i ddod â ni i'r ysgol. Dydyn nhw ddim yn mentro rhoi bws da i ni. Edrych ar rif y bws. V reg yw e, fe fentra i. Maen nhw'n defnyddio'r un bws bob dydd.'

Edrychais. Bws V reg oedd e hefyd. Deng mlwydd oed, o leiaf.

'Ond – sut gallwn ni ei gyrraedd e?' meddwn i.

'Yr unig ffordd sy'n bosibl,' meddai. 'Tra bydd e yn y depo. Mae'r diogelwch lawr fan 'na'n hollol anobeithiol.'

'Ti'n meddwl... torri i mewn?' sibrydais. 'Torri i mewn a phaentio'r bws 'na?'

Ysgydwais fy mhen. Doedd hyn yn ddim byd tebyg i baentio Neifion. Roedd e'n awgrymu rhywbeth hollol wahanol. 'Dwi ddim yn gwybod, Motto. Torri i mewn...'

Cydiodd yn fy mraich, a'i lais yn gyffrous ac yn daer. 'Hei, Pete. Dwi'n cytuno â ti. Dwi ddim eisiau gwybod am y peth os oes rhaid i ni dorri i mewn. Ond efallai na fydd yn rhaid. O leiaf gad i ni weld beth sy'n bosib, ocê?'

Ddwedais i ddim byd wrth i Ms Halley ddod yn nes aton ni, yna, wrth i'r gloch ganu ar ddiwedd y wers, i ffwrdd â fi ar frys i ddechrau pacio. Erbyn iddi hi fynd, roeddwn i'n syllu allan o'r ffenest eto, i lawr ar y bws, yn dychmygu sut y byddai'n edrych gyda thagiau enfawr dros ei ochrau. Ar y to, hyd yn oed, gan gymryd bod Motto wedi bod o ddifrif.

Daeth Motto y tu ôl i mi. 'Beth wyt ti'n feddwl? Fe awn ni i weld, ie? Ti a fi?'

Ti a fi. Fi a ti.

'Ocê,' meddwn i yn y diwedd.

Pennod Wyth

Roedd mynd i weld y lle yn hawdd, yn hurt o hawdd. Fel sylwodd Motto, roedden ni'n gallu mynd ato o ddau gyfeiriad.

'Fe ddechreuwn ni yn y blaen ac ymddwyn yn normal,' meddai. 'Os nad yw'r gyrwyr bysiau'n gallu darllen meddyliau hefyd, fyddan nhw ddim yn gwybod am beth rydyn ni'n meddwl, na fyddan?'

Felly dyna beth wnaethon ni. Drwy grwydro i fyny ac i lawr y ffordd y tu allan i'r depo, llwyddon ni i ddysgu hen ddigon.

Roedd agoriadau I MEWN ac ALLAN mawr gan yr adeilad ei hun, gyda drysau metel oedd yn rholio i lawr o'r to. Er bod y lle fel ogof fawr, doedd e'n amlwg ddim yn ddigon mawr. Roedd agoriad arall ar ochr adeilad y depo'n arwain allan i ardal eang o goncrit yn y cefn. Roedd panel enfawr fel consertina oedd yn cael ei rolio i'w le i gau'r agoriad hwn. Pan oedd hwnnw yn ei le, a'r drysau ffrynt i lawr, allwn i ddim gweld bod ffordd i ni fynd i mewn o gwbl.

Yn ystod y dydd, sylwon ni bod mwy o geir na bysiau ar y darn concrit yn y cefn, ceir gyrwyr a'r staff eraill siŵr o fod. Ond pan aethon ni draw'n hwyr un noson, roedd hi'n hollol wahanol. Roedd y rhan fwyaf o'r ceir wedi mynd, ac roedd y lle'n llawn dop o fysiau.

'Dwy broblem fawr, felly,' meddai Motto, fel petai'n cynllunio i ymosod ar gaer y gelyn. 'Yn gyntaf, fe fyddai'n rhaid i ni fynd dros y ffens 'na.'

'Heb gael ein rhwygo'n ddarnau,' ychwanegais. Roedd ffens ddur o flaen y darn yn y cefn gyda weiren rasel ar ei phen.

'Yn ail,' aeth Motto yn ei flaen, 'dod o hyd i le i guddio pan fyddwn ni i mewn yno.' Roedd llifoleuadau ar wal adeilad y depo, yn goleuo'r darn yn y cefn i gyd.

Roedd hi'r un mor hawdd i ni gael golwg ar y depo o'r ail gyfeiriad – y cefn. Longbridge yw un o'r ychydig ysgolion lleol sydd heb werthu'r caeau chwarae. Mae digon o le arnyn nhw i roi sawl cae pêl-droed a hanner dwsin o gyrtiau tennis. Yn bwysicach, mae'r cyrtiau tennis wrth y ffens sy'n mynd o gwmpas y depo bysiau.

Wrth grwydro yno un amser cinio, gwelodd Motto'r ateb i un o'r problemau'n syth.

'Mae ffordd hawdd i ni fynd i mewn!'

Roedd rhan o'r ffens wedi cael ei phlygu gan chwaraewyr tennis oedd wedi bwrw peli i mewn i'r depo ac wedi mynnu dod o hyd iddyn nhw. Fyddai gwasgu i mewn yno ddim yn broblem. Roeddwn i ar fin sôn am y ffaith fod llifoleuadau dros y darn cefn hefyd pan ychwanegodd Motto'n feddylgar, 'Neu fe allai fod yn ffordd allan. Edrych draw fan 'na.'

Yn wal gefn y depo roedd drws bach. Doedd dim dolen iddo'r tu allan ac, yn ystod yr amser roedden ni wedi bod yn gwylio, doedd neb wedi'i agor. O edrych eto, y tro hwn drwy grwydro ar hyd blaen adeilad y depo, gwelon ni fod baryn ar ei draws. Allanfa dân oedd y drws.

'Beth os oes larwm arno fe?' meddwn i.

'Does dim,' meddai Motto'n hyderus. 'Dwi'n gwybod nad oes dim. A dwi'n gwybod hefyd nad yw'r arwyddion 'na'n dweud y gwir.'

Roedd dau arwydd mawr ar flaen ffensys y depo yn dweud bod patrolau cŵn yn gwarchod y depo. 'Fe ddaeth y cytundeb i ben bythefnos 'nôl. Dydyn nhw ddim wedi'i adnewyddu fe eto. Does dim gwarchodwyr diogelwch.'

'Sut yn y byd rwyt ti'n gwybod hynny?'

Winciodd. 'Cred ti fi. Dwi'n gwybod, iawn?'

Wnes i ddim dadlau. O'r ffordd y dwedodd e, roedd gen i syniad da o ble roedd e wedi cael y wybodaeth, ac roeddwn i'n dal i geisio ymdopi ag awgrym Motto.

'Felly rwyt ti eisiau i ni fynd i mewn drwy'r c-cefn a pheidio â phoeni am y goleuadau diogelwch?' meddwn i.

'Nac ydw,' meddai Motto. 'Rwyt ti'n anghofio. Rydyn ni eisiau taro'r bws V reg a dwi ddim wedi gweld hwnnw yn y darn yn y cefn eto.'

Roedd e'n dweud y gwir. Dros gyfnod o wythnos roedden ni wedi gweld yr un bws yn dod 'nôl i'r un man fwy neu lai yn yr ogof bob dydd. Doedden ni ddim wedi'i weld yn cael ei symud i'r tu allan unwaith.

'Felly beth w-wnawn ni?' Paentio un arall?'

'Nage.' Roedd llais Motto yn galed. 'Dwi ddim eisiau paentio un arall. Dwi eisiau paentio hwnna.'

Ddylwn i ddim bod wedi synnu. Y bws V reg yna oedd yr unig un roedd e'n siŵr y byddai'n stopio'n union y tu allan i'r ysgol.

Ond roedd rhywbeth nad oeddwn i'n ei ddeall. Ceisiais gael y cyfan yn glir yn fy meddwl.

'Ond ar ôl i'r d-depo gau, does dim ffordd i mewn.' Edrychais arno, gan feddwl tybed a oedd hynny'n newid pethau. 'Dwyt ti ddim yn awgrymu ein bod ni'n mynd i mewn drwy'r drws tân 'na?' Dechreuais deimlo'n gyffrous. 'Dim torri i mewn, Motto, fe ddwedaist ti na fyddai dim torri i mewn...'

'Gan bwyll, Pete. Nid dyna'r ffordd y byddwn ni'n mynd i mewn. Dyna'r ffordd y byddwn ni'n mynd allan wedyn.'

'Wedyn? Felly sut byddwn ni'n m-mynd i m-mewn?'

Chwarddodd fel ffŵl. 'Mae'n amlwg, on'd yw e! Rydyn ni'n dal bws!'

Felly, beth oedd cynllun Motto? Fel dwedodd e, dal bws.

Cafodd afael ar amserlen. Ar ôl edrych yn sydyn ar y llwybrau a'r amserau, gwelodd y byddai rhif 387 yn ddelfrydol. Bws Llundain deulawr cyffredin, oedd yn mynd yn agos at ein cartrefi, ac yna'n dilyn llwybr mewn bwa mawr o gwmpas y dref cyn troi'n ôl am y depo.

'Os daliwn ni fe'n ddigon pell o'r depo,' eglurodd Motto, 'fe fydd y gyrrwr wedi hen anghofio amdanon ni erbyn iddo gyrraedd yno.'

Dechreuon ni wylio'r mynd a'r dod yn y garej am rai nosweithiau. Y rhan fwyaf o'r amser roeddwn i wedi bod yno a dychwelyd adre cyn i Mam ddod 'nôl. A Motto hefyd gyda'i rieni yntau.

Os oedd perygl i ni gael ein holi roedden ni'n bwrw'r naill yn erbyn y llall.

'Fe fydda i'n mynd draw i dŷ Motto heno. Ry'n ni'n gweithio ar brosiect Celf gyda'n gilydd.'

Roedd Motto'n dweud yr un fath. 'Fe fydda i draw yn nhŷ Pete. Mae prosiect Celf gyda ni i'w wneud.'

Felly, gyda'r ddau alibi yn eu lle, roedden ni'n nodi'r ffordd roedd y traffig yn mynd ac yn dod yn y depo. Roedd y safle bws swyddogol olaf tua hanner can metr cyn yr adwy I MEWN. Ar ôl aros yno, byddai'r gyrrwr yn codi o'i sedd ac yn gweiddi i fyny'r grisiau ar unrhyw un oedd wedi mynd i gysgu neu oedd â'u trwynau mewn llyfr a heb sylweddoli ble roedden nhw. Weithiau byddai'r gyrwyr yn mynd i fyny'r grisiau i gael golwg drostyn nhw eu hunain cyn neidio i mewn i'r caban eto a gyrru i mewn i'r depo. Ond doedden ni erioed wedi gweld gyrrwr yn mynd reit i gefn y llawr uchaf i gael golwg yno.

Penderfynodd Motto ein bod ni'n barod. 'Fe awn ni nos Iau. Iawn?'

Nodiais. Roedd Mam wedi bod yn gweithio gyda'r nos ers amser. Fyddai hi ddim yn broblem i mi fynd allan. 'Dyna sydd o-orau i ti, ie?'

'Mae unrhyw noson yn iawn i mi,' meddai.

'Dwyt ti ddim o ddifrif.'

'Ydw, 'te,' meddai Motto'n wyllt. 'Prin mae Dad yn dangos ei wyneb yn ystod yr wythnos. Hanner yr amser dwi ond yn ei weld e ar y penwythnos.'

'Beth am dy fam?'

'Mae'n mynd â'r cawl allan, fel arfer,' meddai Motto'n swta. 'Ond, o leiaf dwi'n gwybod sut i ddal ei sylw hi os dwi eisiau. Y cyfan sydd gen i i'w wneud yw gorwedd yn nrws rhyw siop. Fe fydd hi'n rhuthro ata i gyda blanced a diod boeth mewn dim o dro.'

Pan fyddai e'n dweud pethau fel hyn doeddwn i byth yn gwybod beth i'w ddweud. Allwn i ddim deall pam roedd e'n teimlo mor wael. Roeddwn i eisiau dweud wrtho ei fod yn lwcus bod ganddo ddau riant, ond allwn i ddim.

'Beth am L-Lorna?' meddwn i, o'r diwedd.

Chwarddodd, heb unrhyw lawenydd. 'Mae Lorna bob amser yn mynd i aros dros nos yn nhŷ Jody nos Iau. Ac unrhyw noson arall mae hi'n llwyddo i beidio â chael ei dal.'

*

Dalion ni'r bws ychydig cyn hanner nos, dair milltir allan. Ar ôl talu am fynd hanner ffordd o gwmpas y llwybr, i fyny'r grisiau â ni. Gan mai hwn oedd y bws olaf, roedd llawer o bobl yn dod ar y bws ac yn mynd oddi arno; yn sicr roedd llawer gormod i'r gyrrwr sylwi a oedden ni wedi mynd oddi ar y bws yn y man cywir.

I fyny'r grisiau, eisteddon ni ar y seddi cefn i wneud yn siŵr y byddai unrhyw un oedd yn dal ar y bws pan fyddai'n dod i'r safle bws olaf yn gorfod mynd allan o'n blaenau ni. Doedd dim angen i ni boeni. Gyda dau safle i fynd roedden ni ar ein pennau ein hunain.

'Dwi'n mynd i lawr,' sibrydodd Motto'n hapus.

Llithrodd i lawr ar y sedd fel ei fod yn hanner gorwedd ac yn hanner eistedd, a thynnodd ei sach gefn i'w rhoi dan ei ben. Gwnes innau'r un peth yr ochr draw. O ben y grisiau yn y blaen fyddai neb byth yn gallu ein gweld ni. Dim ond petai'r gyrrwr yn dod reit i fyny'r eil ac edrych i lawr ar ein pennau ni y gallen ni fod wedi cael ein gweld.

Ond a fyddai'r gyrrwr yn gwneud hynny? Doedd dim dianc os byddai. I ffwrdd â'r bws i gwblhau hanner milltir olaf ei daith.

'Mae'r arhosfan olaf yn dod nawr,' sibrydodd Motto. 'Esgus dy fod ti'n cysgu.'

Caeodd ei lygaid. Gwnes innau'r un peth wrth imi deimlo'r bws yn arafu, ac yna'n dod i stop yn sydyn. Bron yn syth, roedd y gyrrwr yn bloeddio i fyny'r grisiau.

'Depo!'

Daliais fy anadl, gan aros i'r bws ddechrau eto. Yn sydyn dechreuodd sŵn camau trwm ddod i fyny'r grisiau. A'm calon yn fy ngwddf, edrychais draw ar Motto. Roedd e'n dal i esgus cysgu heb boeni dim.

Arhosodd y camau ar y grisiau wrth i'r gyrrwr benderfynu nad oedd hi'n werth yr ymdrech. Daeth gwaedd 'Depo!' unwaith eto ac i lawr â fe drachefn. Eiliadau'n ddiweddarach diffoddodd y goleuadau.

'Dalia'n dynn iawn, plîs!' sibrydodd Motto.

Dechreuodd y bws eto. Symudais i'r ochr wrth iddo droi i'r chwith ac i mewn i'r depo, a sŵn yr injan yn atseinio oddi ar waliau'r ogof. Yn syth wedyn daeth cyfres o synau: brêcs yn gwichian, injan yn cael ei diffodd, hisian y drws wrth i'r gyrrwr neidio allan, gwaedd o groeso, camau – ac, o'r diwedd, tawelwch annaearol.

'Aros lle rwyt ti, fe fydd rhagor o fysiau'n dod eto,' sibrydodd Motto, gan fy atgoffa o'r pethau roedd e wedi'u dysgu wrth astudio'r amserlen.

Dros yr ugain munud nesaf arhoson ni lle roedden ni, prin yn anadlu, wrth i'r bysiau eraill ddod i mewn o bob rhan o'r

71

dref, a'u hinjans yn chwyrnu wrth iddyn nhw gael eu gyrru 'nôl i'w man cywir, ac yna eu diffodd am y nos.

Uwch ein pennau, drwy'r ffenest gefn, gallwn weld y goleuadau'n hongian o nenfwd y depo.

Edrychodd Motto ar ei wats. 'Fydd hi ddim yn hir nawr,' meddai.

O'r diwedd clywais sŵn y drysau metel yn cael eu rholio i lawr. Atseiniodd camau, yna daeth chwyrnu isel wrth i'r panel consertina rhwng adeilad y depo a'r darn concrit yn y cefn gael ei gau. Cafodd y goleuadau eu diffodd. O'r diwedd, caeodd drws yn glep, a'r sŵn yn graddol ddiflannu.

Yn y tawelwch sibrydodd Motto'n fuddugoliaethus. 'Pete! Ry'n ni i mewn, fachgen!'

Cododd e'n araf ar ei draed. Gwnes innau'r un fath, gan deimlo fy nghorff i gyd yn curo, yn llawn nerfau a chyffro. Edrychais ar y sedd gefn ac edrych allan – a synnu fy mod i'n gallu gweld cymaint. Roedd golau'r lleuad a pheth o olau'r goleuadau diogelwch llachar y tu allan, siŵr o fod, yn dod i mewn drwy nifer o baneli clir yn y to.

'Digon o olau i ni gael gweithio,' meddwn i. 'Does dim angen dod o hyd i'r switsh golau.'

'Diolch byth,' meddai Motto. 'Mae hi'n mynd i fod yn ddigon anodd i ni ddod o hyd i'n targed.'

Fyddwn i byth wedi credu bod cymaint o fysiau'n gallu ffitio yn y lle. Roedd hi'n edrych fel petaen nhw wedi cael eu gwasgu i mewn gydag ychydig o gentimetrau bob ochr.

A'n calonnau'n curo, i lawr y grisiau â ni, yn araf bach – a chefais bwl o banig.

'Y drysau! Mae e wedi cau'r drysau! Sut gallwn ni fynd allan?'

O'n blaenau ni, roedd drysau awtomatig y bws wedi'u cau'n sownd. Er bod Motto wedi cynllunio'n fanwl, doedd e ddim wedi meddwl am y peth amlwg. Sut gallen ni fynd oddi ar y bws ar ôl i'r gyrrwr ei adael.

Doedd e ddim yn gwybod yr ateb, gallwn weld hynny wrth yr olwg ar ei wyneb. 'Rhaid bod ffordd,' meddai. 'Allanfa argyfwng, rhywbeth fel yna.'

Doeddwn i ddim yn gwrando, dwi'n gwybod hynny. Roeddwn i ar bigau'r drain ar ôl yr holl aros, ac meddwn i'n wyllt, 'Ond beth os nad oes un? Beth os oes rhaid i allwedd y gyrrwr fod yn ei le? Beth—'

'Felly rydyn ni'n eu gwthio nhw'n agored!' gwaeddodd Motto. 'Callia, wnei di?'

Aeth yn agos at y drysau dwbl. Symudais innau'n agos ato, yn barod i bwyso gyda fe, wrth iddo edrych i fyny ac i lawr ar y bwlch lle roedd y drysau'n dod at ei gilydd, gan edrych am y man gorau i'w gwthio nhw'n agored.

Ac yna chwarddodd, gan bwyntio. 'Neu, fe allen ni wthio'r botwm 'na.' Uwchben y drysau, roedd pâr o fotymau gwyrdd a choch ac 'agor' a 'cau' arnyn nhw. Roedden nhw mor fach fel nad oedden ni wedi sylwi arnyn nhw o'r blaen.

Hyd yn oed wedyn, roedd ei ddwylo'n crynu wrth iddo ymestyn a gwthio'r botwm gwyrdd. Gan hisian yn ffyrnig, neidiodd y drysau ar agor a llamodd y ddau ohonon ni allan. Arhoson ni, a'n gwynt yn ein dwrn, wrth i'r sŵn atseinio'n annaearol o gwmpas ogof y depo. Syllais ar Motto. Er bod yr eiliad wedi bod yn un dwp, roedd e wedi rhoi'r gorau i chwerthin yn barod. Roedd e mor nerfus â mi.

A ninnau bellach ar lawr seimllyd y depo, yn anadlu arogl disel, sylweddolais nad oedd y bysiau mor agos at ei gilydd ag roedden ni'n tybio. Roedd hanner metr rhwng pob un, efallai. Petai'r rhan hon o gynllun Motto'n gweithio, byddai hanner metr yn ddigon.

'Draw fan 'na!' sibrydodd.

Roedd Motto wedi'i weld e. Roedd y bws V reg wedi'i barcio ychydig i'r naill ochr, ond yn amlwg ar ddiwedd y rhes o fysiau roedden ni'n sefyll ynddi. Gan ddal ein sachau cefn o'n blaenau, gwthion ni ein ffordd drwodd tuag ato.

'Mae popeth gyda ni,' meddai wrth ddadlwytho ein casgliad o ganiau chwistrellu.

Estynnais y darn hir o raff roedd cynllun Motto yn dibynnu arno. 'Wyt ti eisiau mynd i fyny'n gyntaf?' gofynnais.

'Nid fi, Pete,' meddai Motto'n gyflym. 'Fe gei di wneud y to.'

'Ond...' Syniad Motto oedd y to. Roedd hi'n ddigon teg mai fe ddylai gael ei baentio.

Chwifiodd ei law. 'Gwobr fach i ti am ddod i mewn gyda fi. Fe wnaf i ddarn ar yr ochr.'

O edrych 'nôl nawr, dwi'n gallu gweld ei fod wedi gwneud i'r peth swnio fel petai e'n gwneud ffafr â mi. Dim ond wedyn y cefais wybod beth oedd y rheswm go iawn.

Ar ôl gwneud y penderfyniad, symudon ni'n gyflym. Angorodd Motto un pen o'r rhaff wrth bwynt ynghanol y bws V reg. Wedyn, fel taflwr disgen, taflodd y gweddill dros y top tuag ataf. Ar ôl tynnu i wneud yn siŵr na fyddai'n disgyn wedyn, a'r sach gefn yn ei lle, dyma fi'n tynnu fy hunan i fyny ochr y bws fel dringwr yn mynd i fyny wyneb craig.

Roedd yn ffordd bell. Mae bws dau lawr yn uwch nag y mae'n edrych. Pan gyrhaeddais y to, tynnais fy hunan ymlaen

a gorwedd ar fy mol, a'm gwynt yn fy nwrn yn fuddugol-
iaethus.

'Pete Ellis, y bachgen cyntaf i ddringo Mynydd V reg!'
broliodd Motto. 'Da iawn, fachgen. Cer amdani!'

Dadlwythais fy nghaniau a dechrau arni. I lawr oddi tano,
gallwn glywed bod Motto wrthi'n barod, a sŵn ei chwistrell
yn torri drwy dawelwch llethol ogof y depo.

O'm rhan fy hun, doedd dim angen i mi feddwl llawer.
Roeddwn i wedi cynllunio'r tag a'i ymarfer ar ddarnau di-ri
o bapur ac wedyn – ar gyngor Motto – roeddwn i wedi'u
rhoi i lawr y toiled. Llythrennau mawr gyda chysgod oddi
tanynt, ar gefndir arian fel eu bod nhw i'w gweld o bell. Fel
y soniais i, roeddwn i'n dda mewn Celf ac roeddwn i'n mynd
i wneud yn fawr o hynny.

I lawr oddi tano, roeddwn i'n gwybod, byddai tag Motto'n
gynffon o liw fel comed ar ochr y bws a fyddai yn y golwg
o'r ysgol.

Gorffennon ni bron yr un eiliad. 'Motto!' gwaeddais, heb
sylweddoli tan hynny pa mor sych roedd fy ngheg oherwydd
y tensiwn. 'Dwi'n dod i lawr!'

Gan ddal yn y rhaff, i lawr â fi ar yr ochr lle nad oedd
Motto wedi bod yn chwistrellu. Cyn gynted ag y glaniais,
roedd e wrth fy ochr. Edrychon ni ar ein gilydd. Yna, gan
wenu'n fuddugoliaethus, dyma ni'n taro pump.

'Ie!' gwaeddodd.

Dyna'r unig ddathlu. Wrth i'w lais atseinio yn y tywyllwch
cofion ni beth oedd i'w wneud nesaf – mynd allan, yn
gyflym. Petai dim problem gyda'r drws tân, byddai hynny'n
hawdd beth bynnag.

Gan daflu'r holl gêr 'nôl i mewn i'n sachau cefn, dyma ni'n mynd igam-ogam rhwng y bysiau a draw at y drws tân. Motto gyrhaeddodd gyntaf. Daliais fy anadl wrth iddo bwyso'n drwm ar y bar. Cliciodd wrth symud.

Dim problem!

Symudais yn agos ato wrth iddo wthio'r drws ar agor yn ofalus – ond dyma fe'n troi o gwmpas a bu bron iddo fy mwrw i'r llawr wrth iddo weiddi mewn ofn.

'Cer 'nôl!'

Pennod Naw

Hyd yn oed wrth iddo ddweud hyn, a'i lais yn llawn ofn, gwibiodd Motto o'r drws a sefyll yn erbyn y wal.

Mewn arswyd, gwnes innau'r un fath. Drwy'r crac rhwng y drws a'r ffrâm roeddwn i newydd weld yr hyn roedd e wedi'i weld. Roedd criw yn paentio'r bysiau ar y darn concrit o dan y llifoleuadau y tu ôl i adeilad y depo.

Roedd pedwar ohonyn nhw. Roedden nhw'n gwisgo'r un dillad tywyll, roedd gan bob un fasg sgïo wedi'i dynnu dros eu pennau, fel eu bod nhw'n edrych fel grŵp o derfysgwyr yn ymosod.

Roedd Motto'n swnio'n ofnus ac yn llawn edmygedd ar yr un pryd. 'Mae'n rhaid mai criw SUN ydyn nhw,' sibrydodd.

Doedd dim dwywaith amdani. Ar ochr arall yr iard roedd tag SUN enfawr dros ochr un bws ac roedd bws arall yn cael yr un driniaeth gan un o'r criw. Ar yr un pryd roedd y tri arall yn heidio i mewn ac allan o bob bws posibl, gan roi eu tagiau drostyn nhw. Tagiau enfawr, roedd hi'n amhosibl peidio â'u gweld nhw. Gallwn i eu gweld i gyd.

PSG, ZIP, H12U, Tel.

Ond nid dim ond tagio roedden nhw. Aeth un ffenestr yn deilchion wrth i fricsen gael ei thaflu drwyddi. Yna dyma un ohonynt, a masg sgïo'n dynn dros ei ben, yn dringo i lawr

77

uchaf y bws roedd e'n ei baentio. Agorodd y ffenest argyfwng uwchben y sedd gefn, a'i chicio am allan hyd nes ei bod yn glanio ar y llawr. Yna, pwysodd allan a chwistrellu tag mawr clir ar ran ôl y to.

Alffa.

Edrychais ar Motto. Roedd ei lygaid yn fawr ac roedd yn gegrwth, fel plentyn oedd yn gwylio arddangosfa tân gwyllt am y tro cyntaf. Roeddwn i wedi gweld digon.

'Motto. Gad i ni fynd.'

'Fe welan nhw ni.'

'Na wnân, maen nhw'n rhy b-brysur. Fe allwn ni fod allan ac o dan y ffens 'na cyn iddyn nhw sylweddoli.'

Hyd yn oed wrth i mi ddweud hyn, roeddwn i'n gwybod fy mod yn swnio'n fwy gobeithiol nag oeddwn i. Efallai nad oeddwn i eisiau meddwl am yr hyn allai ddigwydd petaen nhw'n ein dal ni.

Erbyn hyn, roedd Alffa wedi rhuthro i lawr ac ymuno â'r lleill. Roedd y criw i gyd yn symud oddi wrthon ni nawr, yn mynd yn wyllt drwy'r bysiau fel locustiaid yn ymosod ar gae o wenith. Gwasgais heibio i Motto ac agor y drws fymryn eto. Roedd y llwybr yn glir i'r rhan o'r ffens roedden ni'n bwriadu gwthio oddi tani.

Arhosodd Motto am un cip olaf ar y gyflafan oedd yn digwydd. Yna, yn ein cwrcwd bron, dyma ni'n rhedeg allan i'r llifoleuadau llachar a mynd fel y gwynt ar draws y concrit fel carcharorion ar ffo.

Cawson ni ein gweld wrth i ni gyrraedd y ffens.

Dwi ddim yn gwybod pam nad oedd un ohonon ni wedi sylweddoli. Dylai hyd yn oed rhywun fel fi sy'n anobeithiol mewn mathemateg fod wedi gwneud. Roedd pum tag bob amser pan oedd criw SUN yn paentio, ond dim ond pedwar ohonyn nhw oedd wrthi'n tagio'r bysus. Pam? Oherwydd bod y pumed ar ddyletswydd yn gwylio.

Yn yr un iwnifform dywyll, a'r masg sgïo wedi'i dynnu i lawr yn isel, roedd yr aelod yma'n gwylio'r ffens, dim ond rhyw bum metr i ffwrdd wrth i ni gyrraedd.

Allwn i ddim peidio â gweiddi 'Motto!'

Yna gwelodd Motto'r gwyliwr, a gweiddi mewn ofn. Yn syth, trodd y gwyliwr, wedi synnu cymaint â ni siŵr o fod. Doedd dim gwaedd am help, dim byd, dim ond pâr o lygaid yn syllu.

Am eiliad roedd y ddau ohonom wedi rhewi. Ond roedd fy meddwl yn chwyrlïo. Beth ddylem ei wneud? Neidio arno, ei daro cyn iddo weiddi? Na, byddai'r lleill yn rhuthro draw hyd yn oed yn gynt wedyn.

Penderfynodd y gwyliwr ar ein rhan. Trodd – oherwydd bod dau ohonon ni, siŵr o fod – a dechrau rhedeg tuag at y lleill. Dyna oedd ein cyfle ni.

I lawr â mi i fynd drwy'r bwlch yng ngwaelod y ffens, a'r ofn yn fy ngyrru. Eiliadau yn ddiweddarach roeddwn i wedi cropian drwodd ac roeddwn i'n tynnu Motto drwodd iddo gael fy nilyn.

Wedyn dyma ni'n rhedeg. Rhedeg a rhedeg, i'r noson dywyll, heb edrych 'nôl.

Teimlais y gwynt yn fy wyneb. Ac yn raddol, teimlais rywbeth arall. Po bellaf roedden ni'n mynd, mwyaf roeddwn i'n teimlo tonnau o orfoledd golchi drosof i yn lle'r hen ofn cas.

Pan arhoson ni yn y pen draw, a'n gwynt yn ein dyrnau, gallwn ddweud bod Motto'n teimlo'r un fath. Caeodd ei ddyrnau a phwnio'r awyr. 'Fe lwyddon ni! Fe lwyddon ni, was!'

Y cyfan wnes i oedd edrych i fyny ar y sêr a sgrechian nerth fy mhen, 'Do! Do!'

Doeddwn i erioed wedi teimlo'n well.

Roedd y teimlad yn dal yno pan ddihunais i'r bore canlynol. Sut gallaf ei ddisgrifio? Y ffordd orau yw dweud ei fod yn debyg i'r teimlad rwyt ti'n ei gael ar reid mewn parc thema. Pan wyt ti ar y reid, rwyt ti'n ofnus dros ben. Roeddwn i wedi bod yn ofnus yn y depo bysiau, doedd dim dwywaith am hynny. Ond ar ôl dod oddi ar y reid, sut rwyt ti'n teimlo? Gwych. Rwyt ti wedi dod drwyddi. Rwyt ti'n hofran uwchben y tir. Dyna sut roeddwn i'n teimlo ar ôl paentio'r bws yna.

Roedd gweld canlyniad y peth yn fwy cyffrous eto. Roedd y si wedi mynd ar led yn ystod y bore, yn enwedig gan blant oedd wedi bod yn cael gwersi yn yr ystafell Gelf ac wedi cael yr olygfa orau.

'Criw SUN...'

'Wedi taro'r depo bysiau...'

'Rhaid i ti weld y llanast!'

Roedd cadw'n dawel ac aros am y prynhawn bron yn ormod. Roeddwn i eisiau sôn wrth bawb ond roedd Motto wedi fy mherswadio i beidio. Roedd e'n ofni mentro.

'Rhag ofn eu bod nhw wedi'i lanhau e, Pete...'

Ond gallwn weld ei fod ar bigau'r drain. Pan ddaeth y prynhawn o'r diwedd a ninnau'n cyrraedd yr ystafell Gelf ein hunain, gwelodd Ms Halley ei bod hi'n colli'r frwydr yn deg. Bob tro y byddai bws yn mynd allan o'r depo, byddai'r dosbarth i gyd yn troi i edrych arno.

Ac, fel arfer, roedd rhywbeth i edrych arno. Roedd criw SUN wedi taro cymaint o fysiau, roedd hi'n amlwg nad oedd amser gan bobl y bysiau i wneud mwy na dechrau glanhau. Roedd rhai bysiau wedi'u glanhau'n weddol, ond roedd cysgodion y graffiti'n dal yn y golwg.

Doedden nhw ddim hyd yn oed wedi dechrau glanhau rhai eraill. Tynnodd un bws allan gyda thag enfawr criw SUN dros ei ochr i gyd, a thagiau unigol ar bob ffenestr mewn lliwiau gwahanol: PSG. ZIP. H12U. Tel. Alffa.

Pwnio. Pwyntio. Chwerthin. Sylwadau, ddim hyd yn oed yn ddigon isel i fod yn sibrwd.

'Edrych ar hwnna!'

'Tag a hanner!'

Wrth i'r prynhawn fynd rhagddo, roedd fy stumog yn corddi. Fyddai'r bws yn cael dod allan? Beth petai e wedi cael ei gadw yn y depo? Yr holl gynllunio. Yr holl berygl. Yr holl ofn. Yn ofer...

Roedd y cloc fel malwoden. Yna, yn sydyn, dyma'r bws yn dod. Oherwydd ei fod mor hen, efallai, neu ddim ond yn fws ysgol, neu oherwydd – yn wahanol i'r lleill, ei fod e wedi bod yn adeilad y depo, doedden nhw ddim wedi dechrau ei lanhau. Roedd e'n union fel y gadawon ni.

Roedd comed Motto'n dal i wneud ei ffordd ar hyd yr ochr. Dyna'r cynllun roeddwn i wedi ei weld yn gweithio arno. Roedd cylch ar y pen, fel O, a'r tu mewn iddo roedd y llythyren M – MO, talfyriad am Motto, fel roedd e wedi egluro. Ac yn dod allan o ben y gomed, roedd y gynffon yn ffrwydrad gwyllt o liw.

Arhosodd y bws. Ac yno, ar ben y to, yn disgleirio o'i gefndir arian, dyma fi'n gweld – fy nhag innau.

Hyfryd.

Edrychodd rhai plant arnom, y rhai nesaf at y ffenest yn gyntaf ac yna, wrth i weddill y dosbarth dyrru draw i weld, edrychodd pawb arall.

Penderfynodd Ms Halley na allai ennill felly daeth hithau draw i weld hefyd.

'Anobeithiol,' meddai hi, gan ysgwyd ei phen.

'Roedd y lleill yn anobeithiol, miss,' meddai rhywun wrthi. 'Ond dyw hwn ddim. Mae hwn yn wahanol.'

'Arbennig,' meddai rhywun arall.

Dechreuodd pawb yn yr ystafell gytuno. Mwy o wenu arna i a Motto. Mwy o enwogrwydd.

'Dim ond graffiti yw e,' meddai Ms Halley'n swta, gan symud pawb o'r ffenest yn ddiamynedd. 'Dewch nawr, bawb. 'Nôl i weithio.'

Gwrandawon ni arni, ond roedd ein meddyliau wedi mynd am dro. Ar ôl munud arall derbyniodd Ms Halley ei bod hi wedi ein colli ni a dwedodd bod y wers ar ben. Rhedodd pawb 'nôl at y ffenest hyd yn oed cyn iddi adael yr ystafell, a adawodd neb tan i'n bws ni ruthro i ffwrdd.

Arhosais, a gwylio tan i'r tag ddiflannu.

Fy nhag i.

DROID.

*

'Droid?' gofynna Shiner.

'Yr un fath â D-droid yr Wythnos. Chi'n gwybod, gêm yr Androidau.'

'Pam?'

Dwi'n codi fy ysgwyddau. 'Ro'n i'n meddwl ei fod e'n dag da. Roedden ni'n chwarae gêm. Dyna roeddwn i'n ei feddwl. Dim ond chwarae g-gêm oedden ni.'

Mae e'n oedi cyn dweud y geiriau roeddwn i'n gwybod oedd yn mynd drwy ei ben. 'Ond newidiodd pethau'n go gyflym, on'd do?'

'Do.'

Y tu allan, y bws oedd yr unig beth roedd pawb yn siarad amdano. Mewn dim o dro, roedd twr o blant o'n cwmpas ni eisiau gwybod manylion sut, pryd a ble. Roedd Motto yn ei elfen yn adrodd yr hanes.

'Iawn, Pete?' byddai'n gofyn ar ôl disgrifio pob rhan o'r digwydd.

Y tu mewn teimlwn don o hapusrwydd wrth i'r sylw droi ataf i am yr eiliad honno pan fyddwn i'n cadarnhau bod ei stori'n wir – fel arfer fyddwn i ddim yn dweud mwy na 'Iawn,' neu 'Wrth gwrs.' Roeddwn i'n hapus i wneud hyn pan ddechreuodd Motto fynd dros ben llestri a dweud ein bod ni wedi bod yn osgoi cŵn a gwarchodwyr diogelwch.

Hapusrwydd. Dyna roeddwn i'n ei deimlo. Petawn i ddim wedi ymgolli yn y cyfan, efallai y byddwn wedi gweld beth oedd yn dod. Byddwn wedi gweld ein bod ni, wrth baentio'r un targed â chriw SUN, wedi torri rheolau byd y gangiau.

Roedd yr arwyddion yno'r diwrnod hwnnw wrth i Motto ymffrostio a ninnau'n mwynhau cymryd y clod i gyd gyda'n gilydd.

Oherwydd doedd pawb ddim yn meddwl ein bod ni'n wych. Ddim o gwbl. Roedd hynny'n amlwg o'r ymateb gafodd Motto pan ddaeth Terry Quarm a gweddill y criw o flwyddyn Lorna heibio.

'Weloch chi'r bws 'na, do fe?' meddai Motto'n uchel iddyn nhw gael clywed. 'Roedd y tagiau'n ddigon amlwg y tro 'na, on'd oedden nhw?'

Wnaeth Terry Quarm ddim byd ond rhegi wrth i'r criw o fechgyn a merched arafu heb stopio. Dim ond Karl Anstice siaradodd. Ac aeth ias i lawr fy nghefn wrth iddo siarad.

'Fe welodd pawb y tagiau, Motto,' meddai Karl Anstice. Arhosodd wedyn, a gwên ar ei wyneb, cyn ychwanegu, 'gan gynnwys criw SUN.'

'Criw SUN,' medd Shiner. *'Doedd dim syniad gyda chi pwy oedden nhw?'*

'Nac oedd,' dywedaf. *'Dim ond bod p-pump ohonyn nhw.'*

'Ac roeddech chi'n gwybod beth oedd eu tagiau nhw?'

'Oedden. PSG, ZIP, H12U, T-Tel ac Alffa. Ond dim syniad beth roedden nhw'n ei olygu na dim.

Mae Shiner yn ochneidio, fel petai'n methu credu pa mor dwp roedd Motto a minnau wedi bod. 'A doeddech chi erioed wedi clywed am ryfeloedd rhwng gangiau — tagio ar dir criw arall? Doeddech chi ddim wedi meddwl beth allai ddigwydd oherwydd hynny?'

'Nac oedden. Dd-ddim o gwbl. Ddim tan iddyn nhw ein taro ni...'

Pennod Deg

Treuliais y rhan fwyaf o'r penwythnos canlynol yn gweithio ar y cynllun set trenau.

Ydy hynny'n swnio'n rhyfedd? Efallai ei fod e. Efallai fy mod i'n ddau berson ar y pryd: Dr Jekyll, yn gweithio gartref ar ei reilffordd model; a Mr Hyde, allan yn tagio'n wyllt. Efallai ein bod ni i gyd yn ddau berson yn ein gwahanol ffyrdd – y person da a'r un gwael.

Beth bynnag oedd yr esboniad, daliais ati i weithio ar y cynllun beth bynnag. Roedd yr estyniad, y platfform tan-ddaearol, yn dechrau ymffurfio. Roeddwn i wedi gorffen y rhan fwyaf o'r lefel is ac roeddwn wrthi'n gwneud y darnau twnnel lle byddai'r trac yn mynd.

Byddai Mam yn dod i mewn yn aml â diod i mi a byddai hi'n eistedd yno'n sgwrsio wrth i mi fwrw ymlaen. Yn y gorffennol roeddwn i wedi mwynhau hyn, ond ddim yn ddiweddar. Efallai oherwydd fy mod i, yn y bôn, yn teimlo'n wael am y pethau roeddwn i wedi bod yn eu gwneud – dwi ddim yn gwybod. Y cyfan roeddwn i'n ei wybod oedd y byddai hi'n troi'r sgwrs at Dad bob amser.

Gwnaeth hi hyn y prynhawn dydd Sul hwnnw. O edrych 'nôl, alla i ddim dweud bod unrhyw un peth a ddwedodd hi wedi codi fy ngwrychyn. Mae'n debyg mai ffrwydrad anochel oedd e beth bynnag.

'Mae hwn yn dda,' roedd hi wedi dweud, gan edrych ar yr hyn roeddwn i wedi'i wneud. Rhedodd ei bysedd dros rai o'r adeiladau gwreiddiol, fel petai hi'n gallu teimlo cyffyrddiad y dwylo oedd wedi'u gwneud nhw. 'Petai dy dad yma fe fyddai'n hynod o falch.'

'Fyddai e?' meddwn i, gan ddechrau teimlo'n bigog.

'Wrth gwrs y byddai fe.'

'Pam? S-sut rwyt ti'n gwybod?'

'Pam rwyt ti'n meddwl? Roedd e'n dod â ti fan hyn bob amser, rwyt ti'n gwybod hynny. Roedd e'n gobeithio y byddet ti'n cael yr un pleser ag roedd e wedi'i gael oddi wrtho fe.'

Rhwbiais ddarn o bapur tywod yn galetach, gan geisio cadw fy mhwyll. 'Roeddwn i'n mwynhau ach-achos 'mod i gyda fe.'

Daeth Mam yn agos. Teimlais ei llaw yn cyffwrdd â'm braich. 'Rwyt ti'n debyg iddo fe, ti'n gwybod.'

'Nac ydw, dwi ddim!'

Digwyddodd y peth mor sydyn, cefais sioc. Ond cyn gynted ag y dywedodd hi hynna, roedd fel petai ffiws wedi ffrwydro yn fy mhen. Ac ar ôl i mi ddechrau, allwn i ddim stopio.

'Dwi ddim yn debyg iddo fe!' bloeddiais. 'Os caf i fab byth, fe fydda i'n ei garu fe'n fwy nag roedd e'n fy ng-ngharu i!'

Camodd Mam yn ôl; doedd hi ddim yn deall. 'Am beth rwyt ti'n sôn? Roedd dy dad yn dy garu di, rwyt ti'n gwybod hynny.'

'Felly pam adawodd e i'w hunan gael ei ladd? Os oedd e'n fy ng-ngharu i cymaint, pam adawodd e i'w hunan gael ei ladd?'

'Wnaeth e ddim. Peter, rwyt ti'n gwybod beth ddigwydd-odd...'

Wrth iddi siarad daeth yr olygfa i'm meddwl, fel roedd hi wedi ymddangos dro ar ôl tro yn y gorffennol. Yn yr ysgol, yn y gwely, yn fy mreuddwydion.

Y trên yna, yn taranu tuag ato wrth iddo geisio tynnu'r brics oddi ar y trac. Ac fel roedd yn rhaid ei fod wedi sylweddoli y byddai e'n cael ei daro pe bai ddim yn gadael y trac yn ddigon cyflym.

Beth oedd wedi mynd drwy ei feddwl? Doedd e ddim wedi meddwl amdanaf i?

'Gallai fod wedi ach-achub ei hunan!' gwaeddais.

Gallai fod wedi gadael y trac. Roedd siawns dda y byddai'r trên wedi taro'r brics i'r naill ochr heb gael fawr ddim difrod. Hyd yn oed petai hynny heb ddigwydd, petai'r trên wedi dod oddi ar y cledrau a phobl wedi cael eu lladd, fyddai neb wedi ei feio e am neidio a'i achub ei hun.

Ond nid dyna wnaeth e. Roedd e wedi aros lle roedd e, gan geisio symud y brics hyd nes ei bod hi'n rhy hwyr. Arhosodd lle roedd e, heb feddwl amdanaf i, a chael ei ladd.

'Peter, allai e ddim...'

'Gallai!' llefais, a'r dagrau'n codi'n ddwfn o'r tu mewn i mi. 'Fe allai f-fod wedi achub ei hunan! A tasai e wedi 'ng-ngharu i, fe fyddai wedi g-gwneud!'

Rwy'n synhwyro symudiad wrth fy ochr. O ben draw'r bwrdd, mae Shiner yn edrych i'r cyfeiriad hwnnw. Rydyn ni wedi bod yn canol-bwyntio cymaint ar ein gilydd, rydyn ni bron wedi anghofio ei bod hi yno.

'Peter,' meddai Mam yn dyner.

Mae hi yma gyda ni, yn gwrando ar y stori hefyd. Gallai fod wedi cadw draw ond doedd hi ddim eisiau – er dwi'n siŵr ei bod hi'n gwybod na fyddai'n hawdd iddi hi glywed y cyfan.

Alla i mo'i hwynebu hi wrth iddi ddweud, 'Nid dyna fel roedd hi, ti'n gwybod.'

Ydw i? Hyd yn oed nawr – nawr yn enwedig efallai, ar ôl beth ddigwyddodd i Motto – alla i ddim gweld pethau'r un ffordd â hi. Dyna un set o ffrwythau mae'r peiriant yn gwrthod yn deg â'u rhoi nhw yn eu trefn i mi.

Ddilynodd Mam ddim wrth i mi redeg i'r tŷ ac i fyny'r grisiau i'm hystafell. Gadawodd hi lonydd i mi, gadael i mi bwyllo. Pan ddes i lawr eto, ychydig yn ddiweddarach, dechreuodd y ddau ohonom ymddwyn bron fel petai dim wedi digwydd.

'Sori,' dywedais o dan fy anadl.

Dim ond ysgwyd ei phen wnaeth hi, a rhoi gwybod heb yngan gair nad oedd hi eisiau trafod y pwnc eto.

'Ydy hi'n iawn os a-af i allan heno?' gofynnais. 'Fi a Motto. Mae ffilm dda yn y sinema.' Nid celwydd oedd hyn, chwaith. Roedden ni'n mynd yno go iawn.

Edrychais arni, a meddwl tybed a oedd hi'n amau rhywbeth.

'Dy'ch chi ddim yn gweithio ar eich prosiect ysgol y tro hwn 'te?' meddai hi gan dynnu bwrdd smwddio allan.

Roedd ei chwestiwn mor ddiniwed, wnes i ddim meddwl. 'Daearyddiaeth,' meddwn.

'Ro'n i'n meddwl i ti ddweud mai Celf oedd e.'

Ie, dyna roeddwn i wedi'i ddweud, cofiais yn rhy hwyr. Ond gallai hyn fod wedi mynd yn gymhleth. Glynais at y peth diweddaraf. 'Nage,' mynnais. 'Daearyddiaeth.'

Cododd ei haeliau am eiliad, yn union fel roedd hi wedi gwneud pan ddwedais gelwydd am y dortsh. Ac yna roedd popeth 'nôl fel oedd e ac roedd hi'n sôn am ble byddai hi yn ystod yr wythnos.

'Mae'n debyg y bydda i wedi mynd erbyn i ti ddod adref, 'te,' meddai hi. 'Dwi'n gweithio'n hwyr heno. Ac am y rhan fwyaf o'r mis, dwi'n meddwl.'

Es 'nôl lan y grisiau i baratoi. Crys gwyn glân a throwsus newydd, yna bant â fi i dŷ Motto.

Agorodd y drws ffrynt cyn i mi ei gyrraedd hyd yn oed. Roedd Motto yno, yn barod i fynd. Y tu ôl iddo, yn y cyntedd, roedd ei dad yn edrych yn sur. Wrth iddo fy ngweld, dyma Motto'n troi tuag ato.

'Iawn? Wyt ti'n fy nghredu i nawr?' gwaeddodd. Yna, gofynnodd i fi, 'Pete, i ble ry'n ni'n mynd?'

Roeddwn i'n teimlo fel petawn i wedi cael fy nal yn y canol. 'I'r s-sinema,' llwyddais i ddweud yn y diwedd.

Y tu ôl iddo, pwyntiodd tad Motto fys. 'Ddwedais i ddim nad o'n i'n dy gredu di. Y cyfan wnes i oedd gofyn ble roeddet ti'n mynd!'

'Gofyn?' meddai Motto o dan ei anadl. 'Croesholi fyddwn i'n ddweud.' Tynnodd y drws ffrynt ar gau ac i ffwrdd ag e'n gyflym i lawr y llwybr.

'Problemau?' gofynnais wrth i mi ddal i fyny ag e.

'Yr hen ddyn a'i ugain cwestiwn arferol. Pan fydd e'n gweithio does dim diddordeb ganddo fe. Pan fydd e gartref

89

does dim diddordeb ganddo fe ynddon ni – eisiau gwybod *amdanon* ni mae e. Ble ry'n ni wedi bod, beth ry'n ni'n wneud, pwy ry'n ni'n eu gweld.'

'Efallai ei fod e'n poeni?'

'Efallai ei fod e'n dal yn y gwaith. Beth bynnag, os dwi'n dweud wrtho fe 'mod i'n mynd gyda ti, mae hynny'n cau ei geg e. Mae Lorna'n ei chael hi'n llawer gwaeth.'

O'r tŷ, roedd sŵn uchel llais ei chwaer yn dod allan i'r stryd. Edrychodd Motto 'nôl.

'Ond mae hi'n troi'n reit galed. Mae hi naill ai'n gwrthod siarad neu'n sgrechian nerth ei phen arno fe. Beth bynnag, mae hi'n gwrthod dweud beth mae hi'n wneud ac mae hynny'n ei wneud e'n hollol wallgof.'

Daeth gwaedd arall i'r stryd, yna sŵn dwmp-dwmp cerddoriaeth yn cael ei chwarae'n uchel mewn ystafell lan lofft.

'B-beth amdanat ti?' gofynnais. 'D-dyw hi ddim yn siarad â ti?'

'Fi a Lorna?' Ysgydwodd Motto'i ben. 'Cwpwl o funudau'r dydd, efallai. Pan fyddwn ni'n penderfynu beth i'w dynnu allan o'r rhewgell i'w fwyta. Heblaw am hynny, mae hi'n dilyn ei llwybr hi, a finnau'n dilyn fy llwybr innau. Fel 'na mae pethau wedi bod ers oesoedd.'

Cofiais yr olygfa yn y ganolfan siopa. Roeddwn i wedi meddwl efallai mai dyna oedd y dechrau, ond roedd hyn wedi bod yn digwydd ers tro, mae'n rhaid.

'S-sut felly?' gofynnais.

'Sut mae'r byd yn grwn, was? Fel 'na mae hi, dyna i gyd. Mae'r byd yn llawn pobl sydd ddim yn siarad â'i gilydd. Fel mae hi'n digwydd, rydyn ni'n bedwar ohonyn nhw sy'n byw gyda'i gilydd yn yr un tŷ.'

Am eiliad teimlais yn fwy trist drosto nag oeddwn i'n teimlo drosof fy hunan. Roeddwn eisiau dweud wrtho am y ffrae roeddwn wedi'i chael gyda Mam, gan feddwl y gallai hynny wneud iddo deimlo'n well mewn rhyw ffordd ryfedd, ond allwn i ddim.

Doedd dim gwahaniaeth. Bownsiodd Motto 'nôl yn gyflym, fel arfer.

'Dere, Pete,' meddai. 'Gad i ni weld y ffilm 'ma. Mae angen codi 'nghalon i.'

*

Ymosododd criw SUN wrth i ni gerdded adref.

Rhedon nhw allan o'r coed wrth i ni gerdded heibio i fynedfa ogleddol y parc; roedden nhw ar ein pennau ni cyn i ni sylweddoli.

Teimlais don o ofn, yna cefais bwl enfawr o banig wrth i mi sylweddoli pwy oedd y pedwar person mewn dillad tywyll. Roedd masgiau sgïo am eu pennau, a dim ond llygaid oer a gwefusau'n symud oedd i'w gweld. Roedden nhw'n frawychus.

Daeth dau ohonyn nhw atom o bob ochr. Cefais gip ar bumed person, oedd yn cadw draw ac yn gwylio. Yna aeth popeth yn ddu wrth i fag gael ei roi dros fy mhen. Taflais fy mreichiau o gwmpas yn wyllt, gan roi ergyd i rywun, ond cefais ddwrn yn ôl yn fy wyneb. Yna cafodd fy mreichiau eu tynnu'n galed y tu ôl i'm cefn a daeth llaw dros fy ngheg.

O'r sŵn tuchan a grwnian oedd yn digwydd wrth fy ochr roedd hi'n amlwg bod Motto'n cael yr un driniaeth.

Pam roedden nhw'n gwneud hyn i ni? Beth oedden nhw'n mynd i'w wneud? Doeddwn i'n amau dim. Roedden ni'n mynd i gael cosfa. Ond nid fan hyn, nid yn y stryd dywyll. Roedd hi'n amlwg eu bod nhw eisiau ein symud i le arall.

'Reit, fechgyn bach,' chwyrnodd llais. 'Symudwch!'

Cefais fy nhroi o gwmpas a'm gwthio ymlaen, a phâr o ddwylo'n cydio ynof o bob ochr. Ar ôl ychydig fetrau trodd y dwylo fi i'r chwith cyn fy ngwthio ymlaen unwaith eto.

Y tu ôl i mi, clywais sŵn rhywbeth metel yn curo a rhoddodd Motto waedd.

'Cau dy geg!'

Roedden ni yn y parc, roeddwn i'n siŵr o hynny. Roedden nhw wedi gwthio'r giât fach ar agor rywsut ac mae'n rhaid bod Motto wedi cael ei anafu wrth i ni gael ein gwthio drwyddi.

'I ble ry'ch chi'n mynd â ni?' clywais Motto'n dweud, a'i lais yn crynu.

Chafodd e ddim ateb, y cyfan wnaethon nhw oedd ein llusgo ni ymlaen. Roedd hi'n waeth oherwydd nad oedden ni'n gallu gweld dim. Oedden ni'n mynd am y llyn?

Sylweddolais yn fuan nad yno roedden ni'n mynd. Roedden nhw wedi bod yn ein gwthio am ryw funud pan gefais hergwd i'r dde. Yn sydyn nid tarmac caled oedd o dan draed, ond tir meddal fel sbwng. Yna cefais fy ngwthio ymlaen eto, gan hanner baglu dros wreiddiau coed, nes i'r dwylo oedd yn fy nal gydio'n ffyrnig yn fy mreichiau a chefais fy nhynnu i stop.

'Dyna ddigon!'

Cafodd fy nghlustiau amser i glywed anadlu ofnus Motto wrth iddo gael ei orfodi i stopio y tu ôl mi. Yna, wrth i mi glywed drws pren yn gwichian ar agor, sylweddolais yn sydyn ble roedden nhw wedi dod â ni. Yn y rhan honno o'r parc roedd cwt pren i werthu diod a bwyd. Dim ond yn ystod misoedd yr haf roedd e ar agor, roedd e wedi'i gau weddill y flwyddyn. Rhaid mai dyna lle roedden ni.

Yr eiliad y cefais fy ngwthio i mewn, a theimlo fy nhraed yn cyffwrdd ag estyll pren, a chlywed sŵn traed y lleill yn ein dilyn, roeddwn i'n gwybod fy mod yn gywir.

Daeth rhagor o donnau o ofn drosof. Petaen nhw'n rhoi cosfa i ni fan hyn, ac yna'n ein cloi i mewn, gallai hi gymryd dyddiau i unrhyw un ddod o hyd i ni.

'Beth rydych chi'n m-mynd i'w wneud?' gwaeddais.

'Gwnewch iddyn nhw eistedd,' meddai llais un o griw SUN – yr unig lais roedden ni wedi'i glywed ers iddyn nhw ymosod arnom.

Cawsom ein gwthio i'r llawr, a'n cefnau yn erbyn y wal, a'n pengliniau o dan ein genau. Eto siaradodd yr un llais, llais oer nad oedd yn swnio'n hollol naturiol rywsut.

'Bechgyn bach y'ch chi!' Poerodd y geiriau allan. 'Ydych chi'n deall?'

Dwedodd Motto rywbeth o dan ei anadl na allwn ei ddeall. Beth bynnag oedd e, cawson nhw'r syniad nad oedden ni'n deall, oherwydd wedyn dechreuodd lleisiau eraill siarad, gan chwyrnu arnom y naill ar ôl y llall yn gyflym fel na allwn ddeall pwy oedd yn siarad.

'Dechreuwyr!'

'Chwarae plant!'

'Ni sy'n gweithio fan hyn. Neb arall!'

'Ry'ch chi wedi bod yn tresmasu ar diriogaeth criw SUN!'

Saib byr, ac yna siaradodd y llais oer cyntaf unwaith eto. 'Dyna pam ry'ch chi yma,' meddai. 'I dalu'r pris.'

Yn syth cawsom ein llusgo ar ein traed eto, a'n dwylo wedi'u troi'n dynn y tu ôl i'n cefnau. Dyna ni. Arhosais i'r ergyd gyntaf lanio, i'r boen ddechrau.

Ond nid dyna ddigwyddodd. Yn lle hynny, o'r dde clywais sŵn bag yn cael ei agor, ac yna sŵn tincial ysgafn. Erbyn hynny, byddwn i wedi adnabod y sŵn yna yn unrhyw le. Sŵn caniau'n tincial, yn bwrw yn erbyn ei gilydd wrth iddyn nhw gael eu tynnu o'r bag.

Dyna pryd sylweddolais na fydden ni'n cael cosfa. Roedden nhw'n mynd i ddysgu gwers i ni, oedden – ond mewn ffordd wahanol.

Siaradodd y Llais Oer unwaith eto, ac eto roeddwn i'n amau'n gryf mai llais esgus oedd e.

'Dyma'r pris,' meddai. 'Chwistrellwch nhw!'

Dechreuodd popeth yn araf. Daeth sŵn hisian wrth fy nghlust, yna teimlais baent yn taro yn erbyn ochr fy ngwddf a'm hysgwydd. Gwingais, gan droi a throsi er mwyn osgoi'r paent, a chael ergyd yn fy nghefn yn wobr. Doedd dim dianc.

Teimlais ragor o baent, y tro hwn roedd yn ysgubo i lawr ac ar draws blaen fy nghrys. Yna glaniodd rhagor o baent, gan ddilyn llwybr gwyllt i lawr ac ar draws fy nghoesau.

O'r sŵn hisian wrth fy ochr roedd hi'n amlwg bod Motto'n cael yr un driniaeth.

Sŵn hisian mawr i orffen, yna newidiodd pethau. Rhagor o chwistrellu ond, roeddwn i'n synhwyro mai llaw arall oedd wrthi. Yna un arall, yna un arall, hyd nes i mi deimlo'r paent gludiog yn treiddio hyd at y croen, a'r cyfan yn digwydd mewn tawelwch rhewllyd heblaw am hisian sinistr y caniau.

'Dyna ddigon!' Y Llais Oer eto, rywle ar y dde.

Stopiodd y chwistrellu'n syth. Allwn i ddim dweud beth ddigwyddodd wedyn, ond meddyliais i mi glywed sŵn symud o gwmpas, yna un o'r lleill yn dweud rhywbeth a allai fod wedi bod yn 'Na', neu unrhyw beth arall a dweud y gwir.

Beth bynnag oedd e, ar ôl egwyl fer clywais sŵn traed yn dod o'r cyfeiriad hwnnw, tan i'r person sefyll y tu ôl i ni. Clywais y can yn cael ei siglo.

Motto a'i cafodd hi'n gyntaf. Yna dyma pa bynnag aelod o'r criw oedd yno yn camu i'r ochr, i sefyll y tu ôl i mi. Teimlais don o baent yn glanio rhwng llafnau fy ysgwydd ond dyna i gyd. Gorffennodd y chwistrellu bron cyn gynted ag y dechreuodd.

Roedd y cyfan ar ben.

Dyma nhw'n cydio ynom ni eto, ein troi o gwmpas a'n gwthio allan o'r cwt. Clywais sŵn clo yn cael ei gau'n gadarn cyn i ni gael ein rhybudd olaf. Y Llais Oer oedd yn siarad, yn ddi-os.

'Os byddwch chi'n tagio ar diriogaeth criw SUN eto, dyna fydd ei diwedd hi i chi.'

Ar hynny cafodd y bagiau eu tynnu oddi ar ein pennau a chawsom ein gwthio i'r llawr. Erbyn i ni edrych i fyny roedden nhw wedi mynd, gan sleifio rhwng y coed, a'u dillad a'u masgiau'n toddi yn y düwch.

Dyma ni'n codi ar ein traed, a'n gwynt yn ein dyrnau. Roedd golwg ofnadwy arnom, ond doedden ni ddim wedi cael anaf. Daeth ton o ryddhad drosof, gan wneud i'm coesau blygu fel y bu bron i mi syrthio eto.

'Wyt ti'n iawn?' meddai Motto.

'Fwy neu lai. Beth amdanat ti?'

'Ydw.' Roedd e'n anadlu'n drwm ond, os rhywbeth, roedd e'n swnio'n dawelach nag yr oedd yn gynharach. 'Beth am fynd i dy dŷ di, ie?'

'Nôl gartref, des o hyd i botel o wirod gwyn oedd bron yn llawn ar silff yn y garej. Aethom ati i helpu ein gilydd i sychu'r rhan fwyaf o'r paent oddi ar ein dwylo a'n gyddfau cyn mynd i'r tŷ i gael cawod boeth i gael gwared ar ragor.

'Oes rhywbeth gyda ti i fi ei wisgo, Pete?' meddai Motto, oedd yn rhyfedd o dawel wrth iddo godi ei ddillad oddi ar y papur newydd roeddwn wedi'i roi dros lawr yr ystafell ymolchi. 'Alla i ddim mynd adref yn y rhain.'

Des o hyd i bâr o jîns y gallai e wasgu i mewn iddynt, er bod y coesau'n llawer rhy fyr. Doedd gen i ddim crys oedd yn ei ffitio, felly roedd yn rhaid iddo wisgo hen grys chwys coch o waelod fy wardrob. Llithrodd Motto i mewn iddo. Yna, cydiodd yn y dillad oedd wedi'u difetha, ac i ffwrdd ag ef am adref.

Stwffiais fy nillad llawn paent mewn bag plastig, mynd â nhw allan a rhoi'r cyfan yn y bin. Rhoddais ambell ddalen o bapur newydd ar y bag i wneud yn siŵr nad oedd yn y golwg.

Ond cyn i mi eu rhoi yn y bin, roeddwn i wedi cael golwg arnynt. Roedden nhw wedi cael yr un driniaeth â rhai Motto, felly – yn union fel roeddwn wedi'i ddisgwyl – doedd criw SUN ddim wedi'u chwistrellu nhw'n wyllt. Roedden nhw wedi'u tagio nhw.

Roedd y cyfan yno. Pedwar tag mewn gwahanol fannau ac yn ymddangos fwy nag unwaith. PSG, ZIP, H12U a Tel.

Dim ond y pumed oedd yn ymddangos unwaith yn unig. Roedd e ar fy nghrys, reit ynghanol fy nghefn, rhwng llafnau fy ysgwyddau. Y tag olaf, yr un oedd wedi dod â'r gosb i ben.

Alffa.

Pennod Un ar Ddeg

'Chawsoch chi ddim ofn ar ôl hynna?' gofynnodd Shiner.

'Ychydig b-bach, do.'

'Dim ond ychydig bach?' Mae e'n edrych fel petai e'n methu credu.

Trueni na allwn i ddweud rhagor. Trueni na allwn i ddweud fy mod i wedi cael ofn, llond twll o ofn fel na fyddwn i byth eisiau tagio eto.

Petai hynny wedi digwydd yna efallai y byddai popeth wedi bod yn wahanol. Fyddai'r hyn ddigwyddodd ddim wedi digwydd a byddai Motto'n dal...

Petai, petai, petai.

Petai – does dim pwynt meddwl fel yna. Mae hi'n rhy hwyr nawr, ac alla i ddim troi'r cloc 'nôl er cymaint y byddwn i'n hoffi gwneud hynny.

'Mwy nag ychydig b-bach,' meddwn i. 'Ll-llawer.'

'Ond wnest ti ddim stopio hyd yn oed wedyn?' meddai Shiner. 'Cario 'mlaen wnest ti o hyd?'

Dwi'n edrych draw arno. Mae e'n cael trafferth deall y cyfan, a dwi'n gwybod na fydd e'n gallu deall oni bai fy mod i'n dweud rhan nesaf y stori. Dyma'r rhan roeddwn i'n gwybod y bydden ni'n ei chyrraedd yn y diwedd. Dwi'n gorfodi fy hunan i ddweud y geiriau.

'Na. Fe b-berswadiodd Motto fi.'

'Fe berswadiodd e di?'

'Do. Nid cael ofn wnaeth e, chi'n gweld, ond cael ei dynnu'n bellach i mewn.'

*

Y bore ar ôl i griw Sun ymosod oedd hi. Roeddwn i bron yn barod i fynd allan drwy'r drws pan ddaeth Mam i lawr y grisiau.

'Paid ag anghofio y bydda i'n hwyr heno,' meddai, gan ruthro o naill ochr y gegin i'r llall.

'Iawn.'

'A phaid ag anghofio dy fod ti wedi dweud y byddi di'n galw yn yr archfarchnad drosto i. Fydd dim amser gyda fi heddiw. Dyma'r rhestr.'

Codais y rhestr o ben yr oergell a'i stwffio yn fy mhoced. Wrth i mi roi cusan ffarwél sydyn ar ei boch, gwgodd hi a chydio yn fy ngholer.

'A phaid ag anghofio golchi dy wddf! Sut yn y byd cest ti baent melyn arno fe?'

Pam na ddwedais i'r gwir wrthi yn y fan a'r lle, dweud wrthi beth oedd wedi digwydd go iawn? Dwi ddim yn gwybod. Efallai fy mod i'n dechrau dweud celwydd heb feddwl. Efallai bod cywilydd arnaf. Dwi ddim yn gwybod. Y cyfan dwi'n ei wybod oedd na wnes i ystyried dweud y gwir wrthi.

'O, Mam, gad lonydd i fi. Dwi wedi bod yn p-paentio'r cynllun trenau. Mae'n rhaid 'mod i wedi pwyso arno fe neu rywbeth.'

Yna, cyn iddi holi rhagor, estynnais fy llaw am glicied y drws ac i ffwrdd â mi.

Roedd Motto'n disgwyl amdanaf wrth i mi gyrraedd myn-edfa'r parc lle roedden nhw wedi ymosod arnom y noson flaenorol. Roeddwn i'n disgwyl y byddai e eisiau siarad am y peth, a dyna fel roedd hi. Dechreuodd arni'n syth.

'Wyt ti'n gwybod am y cwt bwyd 'na draw fan 'na? Yr un sydd ond ar agor yn yr haf? Fe fentra i mai dyna lle'r aethon nhw â ni.'

Prin y ces i amser i nodio i gytuno neu ddweud wrtho fy mod wedi gweithio hynny allan drosof fy hun cyn iddo fynd yn ei flaen.

'Dwi newydd fod yno. Mae olion traed a phob math o bethau, ond dwyt ti ddim yn gallu dweud bod y lle wedi cael ei ddefnyddio. Mae'r clo'n dal yn ei le. Dwi'n meddwl eu bod nhw wedi dod o hyd i allwedd rywsut a'u bod nhw'n ei ddefnyddio fel pencadlys.'

Ceisiais wneud hwyl am ben yr atgof. 'Mae arwydd ar y drws, oes e? "Siambr Boenydio SUN"?'

'Paid â'u beio nhw, Pete. Roedd ganddyn nhw hawl i wneud beth wnaethon nhw.'

'Beth?' Sefais yn stond, gan fethu credu fy mod i wedi'i glywed yn dweud hynna.

'Roedd ganddyn nhw hawl i wneud beth wnaethon nhw. Ry'n ni wedi bod yn tresmasu ar eu tiriogaeth nhw. Roedd ganddyn nhw hawl.'

'Hawl i ymosod arnon ni?'

'Hawl i amddiffyn eu tiriogaeth. Rhoi rhybudd i ni fynd. Tîm ydyn nhw, ti'n gweld. Ro'n ni'n fygythiad iddyn nhw ac fe ymladdon nhw er mwyn delio â ni. Ymladd *gyda'i gilydd*, Pete.'

Dylai'r ffordd y rhoddodd e bwyslais ar 'gyda'i gilydd' fod wedi fy rhybuddio am y ffordd roedd e'n meddwl.

'Wel, dwi'n gadael iddyn nhw ennill,' meddwn i. 'D-dwi ddim eisiau cwrdd â nhw eto.'

'Wel mi rydw i.'

Camodd o'm blaen, gan wneud i mi stopio'n stond, fel petai e eisiau gwneud i mi ganolbwyntio ar ei eiriau. 'Dwyt ti ddim yn gallu gweld, Pete?' meddai. 'Maen nhw fel teulu...'

Aeth ei lais yn dawel. Yna dwedodd y geiriau. Mor dawel, mor synhwyrol.

'Dwi eisiau ymuno â nhw. Dwi eisiau bod mewn teulu fel 'na.'

Mae Shiner yn eistedd yn dawel am funud wrth iddo geisio deall hyn.

'Dyna beth ddwedodd e? Dyna'i union eiriau e?'

'Yn dd-ddigon agos. Dyna pam roedd e'n disgwyl amdanaf i pan gyrhaeddais i. Roedd e wedi m-mynd yno'n gynnar. I adael n-neges iddyn nhw.'

Nodyn wedi'i wthio o dan ddrws y cwt, dyna ddwedodd Motto wrtha i. Nodyn yn dweud ein bod ni'n ymddiheuro, ein bod ni'n derbyn ein bod ni wedi tresmasu, mai ar diriogaeth criw SUN roedd y depo bysiau.

Nodyn a oedd yn gofyn ar y diwedd a fydden ni'n cael ymuno â nhw.

Ni.

Nid Motto ar ei ben ei hun, ond ni. Fe a fi. Doedd e ddim wedi amau y byddwn i eisiau ei ddilyn.

Mae Shiner yn rhwbio llaw dros ei lygaid, ac yn eu cau am eiliad neu ddwy. 'A doedd dim un ohonoch chi'n gwybod pwy oedden nhw?'

'Nac oedden,' dywedaf.

Mae e'n byseddu'r ffeil eto, felly dwi'n gofyn, 'O-oeddech chi?'

Mae e'n agor tudalen. Rhan o fap stryd lleol, gyda chroesau drosto. Mae e'n pwyntio atynt, y naill ar ôl y llall.

'Mae pob un o'r marciau hyn yn dangos lle ymosododd criw SUN. Edrych arnyn nhw. Maen nhw ychydig ar wasgar, ond mewn un ardal maen nhw'n bennaf. Eu tiriogaeth nhw, iawn? Eu cylch enwogrwydd nhw? Felly beth dwi'n wneud? Edrych i weld beth sydd ynghanol y cylch, dyna'r ateb.'

Dwi'n syllu i lawr ar y pentwr o groesau, lle mae criw SUN wedi ymosod. Ac mae hi yno, yn y canol, fel roeddwn i wedi rhagweld.

'Yr y-ysgol,' meddaf.

'Yn union,' meddai Shiner. 'Eich ysgol chi. Do'n i ddim yn gwybod pwy oedd criw SUN, ond ro'n i'n weddol siŵr mai dyna lle byddwn i'n dod o hyd iddyn nhw.'

Mae e'n tynnu'r ffolder 'nôl ac yn gofyn i mi, 'Felly, pryd wnest ti ddod i wybod pwy oedden nhw?'

Ychydig ddiwrnodau'n ddiweddarach – drwy ddamwain. Ond fe fydden ni wedi dod i wybod rywsut neu'i gilydd. Byddai Motto wedi gwneud yn siŵr o hynny.

Roedd e'n hollol o ddifrif am ymuno â chriw SUN. Ar ôl gadael ei nodyn, dim ond am hynny y byddai'n siarad pan fydden ni'n digwydd cwrdd â'n gilydd. Bob cyfle oedd ganddo, byddai e'n mynd 'nôl i edrych ar eu cwt. Dwi ddim yn gwybod beth roedd e'n disgwyl iddyn nhw ei wneud, gadael cerdyn gwahoddiad ar y drws neu rywbeth, ond doedd dim byd i ddangos eu bod nhw wedi derbyn ei neges, hyd yn oed.

Roedd hynny'n iawn o'm rhan i. Petaen nhw ddim yn dod 'nôl at Motto yna fyddai dim rhaid i mi benderfynu a fyddwn i'n ymuno â nhw ai peidio. Oherwydd doeddwn i ddim wedi penderfynu, er bod Motto'n tybio fy mod i.

'Pete, fe fydd e'n wych. Fel chwarae dros dîm yn yr Uwch Gynghrair!'

Doeddwn i ddim mor siŵr. Roedd yr ychydig funudau hynny yn y depo bysiau, yn gwylio criw SUN ar waith... roedden nhw wedi codi ofn arnaf. Iawn, roedden ni i gyd wedi bod yno am yr un rheswm, yn gwneud rhywbeth a fyddai'n tynnu sylw at ein hunain. Ond criw SUN? Doedd pethau ddim mor syml â hynny iddyn nhw, doeddwn i ddim yn meddwl. Y depo. Y Gerddi Coffa. Y ffordd ymosodon nhw arnom ni hefyd. Roedd fel petai rhyw gasineb mawr yn eu gyrru nhw.

Allai Motto ddim gweld hynny? Neu doedd hynny ddim yn bwysig iddo?

Felly, am unwaith, roeddwn wedi bod yn ddiolchgar nad oeddwn i wedi gweld llawer arno yn ystod yr ychydig ddydd-iau hynny.

Roedd hyn o achos fy ngwersi unigol, yn rhannol. Fel arfer bydden nhw wedi digwydd yn yr adeilad lle roedd yr ystafell Gelf i fyny'r grisiau, lle byddwn i'n gweld Motto wedyn. Ond, o'r diwedd, roedd yr awdurdodau wedi penderfynu trwsio'r lle. Pan gyrhaeddon ni fore Llun roedd darn hir o ffens dros dro wedi'i godi o gwmpas gwaelod yr adeilad. Roedd arwyddion 'Cadwch Draw' mawr dros y ffens i gyd a'r tu ôl iddi, roedd dynion mewn hetiau caled yn dechrau codi sgaffaldau.

Felly chawson ni ddim mynd 'nôl i mewn i'r adeilad tan iddyn nhw orffen codi'r sgaffaldau. Dyna lle cwrddon ni eto un amser cinio – a darganfod pwy oedd criw SUN.

Wrth gyrraedd yn hwyr i sesiwn gofrestru'r prynhawn, roedden ni wedi gweld Mr Stowell yn nrws agored ystafell ddosbarth arall ar yr un llawr. Roedd e'n rhoi pryd o dafod i Terry Quarm. Erbyn i ni gyrraedd yno roedd hyn yn amlwg wedi bod yn digwydd ers ychydig funudau. Roedd y rhan fwyaf o flwyddyn Terry Quarm yn yr ystafell. Sylwais ar Jody Vahl a Lorna yn eistedd wrth y wal agosaf. O'u blaenau nhw, ac wrth y drws, roedd Karl Anstice yn lolian.

Roedd Mr Stowell yn dal dau lyfr. Bodiodd drwy un llyfr i dudalen roedd e'n amlwg wedi'i marcio.

'Dy waith di yw hwn, Terry?'

Symudodd wyneb Terry Quarm ddim, edrychodd yn hollol ddidaro.

Agorodd Mr Stowell y llyfr arall, a'u dal gyda'i gilydd. 'T-E-L,' meddai, gan bwyntio at dudalennau lle roedd rhywun wedi bod yn dwdlan.

'Gair byr am 'teliffôn', syr?' galwodd Karl Anstice. Wnaeth Terry Quarm ddim unrhyw ymdrech i guddio'i chwerthin.

'Na, Karl. Gair byr am Terry, fel Terry Quarm.' Chwifiodd Mr Stowell y llyfrau o dan drwyn Terry Quarm eto. 'Ydw i'n gywir neu beidio?'

'Dwi ddim yn gwybod, Mr Stowell.'

Daliodd Mr Stowell ati i ymladd y frwydr er ei fod e'n gwybod nad oedd gobaith ganddo i'w hennill. Roedd y mater yn bwysig iddo fe ond doedd dim gwahaniaeth o gwbl gan y rhai roedd e'n dadlau yn eu herbyn.

'Ond rwyt ti'n gwybod bod ysgrifennu ar eiddo'r ysgol yn erbyn y rheolau, on'd wyt ti, Terry?'

Ymunodd llais sur arall â'r ddadl, o'r bwrdd wrth ymyl Jody Vahl. Roeddwn i'n ei hanner adnabod fel boi mawr o'r enw Colin Upton. Nesaf ato roedd bachgen a'i wyneb yn llawn smotiau o'r enw Aaron Byrne.

'Rheolau,' gwaeddodd Colin Upton. 'Dyna'r cyfan yw'r lle 'ma.'

'Digon gwir, Colin,' meddai Mr Stowell. 'A cred ti fi, rwyt ti'n mynd i weld nad yw pethau'n gwella allan yn y byd mawr.' Trodd 'nôl at Terry Quarm. 'Nawr, Terry, ai ti sy'n gyfrifol am hyn?'

Dechreuodd Aaron Byrne siarad, bron fel petai e'n teimlo bod yn rhaid iddo gan fod pawb arall wedi dweud rhywbeth. 'Pam ry'ch chi'n pigo arno fe? Mae llwyth o blant yn defnyddio'r llyfrau 'na. Fe allai unrhyw un fod wedi'i wneud e.'

Ysgydwodd Mr Stowell ei ben yn flinedig. 'Digon gwir, Aaron. Ond dwi ddim wedi digwydd sylwi ar unrhyw un o'r plant eraill yn dwdlan yr un tair llythyren ar gefn eu dwylo yn ystod fy ngwers i.'

Edrychodd Terry Quarm i lawr yn syn ar ei arddwrn cyn bod mor dwp â rhoi ei ddwylo y tu ôl i'w gefn, fel petai'r dystiolaeth am ddiflannu. Yna, wrth iddo weld nad oedd pwynt dadlau fel hyn, dyma fe'n troi o wadu'r cyfan i fod yn haerllug.

'Dim ond llyfrau Hanes ydyn nhw ta beth.'

'Llyfrau Hanes y set gwaelod,' chwarddodd Karl Anstice.

Trodd Mr Stowell arno. 'All pawb ddim bod yn seren, Karl. Efallai dy fod ti yn y set uchaf yn y rhan fwyaf o bynciau ond, cred ti fi, mae dy agwedd di reit ar y gwaelod.'

Doedd Karl Anstice ddim yn hoffi hynny o gwbl. Cododd ar ei draed, a symud yn nes at y ddadl. Bron fel petai hynny'n arwydd, dechreuodd y lleill ddweud pethau cas hefyd. Mewn dim o dro roedd Mr Stowell mewn dadl pedwar yn erbyn un.

'Y twll 'ma sy' reit ar y gwaelod,' meddai Colin Upton.

'Pwy sydd eisiau ysgol ta beth?' meddai Aaron Byrne.

Dyma Karl Anstice yn esgus chwerthin. 'Athrawon, dyna pwy. Fel arall fe fydden nhw allan ar eu tinau.'

Roedd Mr Stowell yn gwneud ei orau i beidio â chael ei bryfocio. Rhoddodd fys yn yr awyr, ei lyfu, ac yna esgus ei fod yn ychwanegu sgôr at fwrdd.

'Da iawn, Karl. Allan o fan hyn heb obaith gweld wynebau hapus fel d'un di byth eto. Sut byddwn i'n ymdopi, dwed?'

'Sut byddech chi'n gwastraffu'ch amser, chi'n meddwl,' meddai Terry Quarm, oedd yn dechrau brwydro eto. Gwgodd ar Mr Stowell. 'Achos dyna beth ry'ch chi'n wneud fan hyn. Gwastraffu'ch amser chi a'n hamser ni. Yr holl sothach ry'ch chi'n ddysgu. Rwtsh yw e.'

Colin Upton eto. 'Pwy sydd ei eisiau e? Pwy sydd eisiau'r dwli 'ma?'

'Dim ond carchar yw hwn. Chi yw swyddog y carchar,' meddai Karl Anstice, gan bwyntio'i fys.

'A ni yw'r carcharorion,' poerodd Terry Quarm.

Edrychodd Mr Stowell arno. Yn dawel, meddai, 'Ac rwyt ti'n meddwl y bydd hi'n wahanol y tu allan, wyt ti, Terry?'

'Ydw. Fe gawn ni wneud fel mynnon ni wedyn.'

Aeth llygaid yr athro'n gul wrth iddo roi'r gorau i esgus perswadio neu falio hyd yn oed.

'Na chei, y twpsyn. Fe fyddi di'n dal yn garcharor, ond nid pobl fel fi fydd yn dy gloi di i mewn. Fe fydd pawb y byddi di'n cwrdd â nhw'n gwneud hynny. Fe fyddan nhw'n dy faglu di, Terry, achos fe fyddan nhw'n gwybod mwy nag wyt ti.'

Symudodd yn nes, gan orfodi Terry Quarm i fynd 'nôl yn erbyn y wal. 'Fe fyddi di'n dal i gael dy faglu gan reolau achos mae rheolau allan yn y byd mawr hefyd. A fydd y ffaith dy fod ti mor ystyfnig ddim yn cyfrif o gwbl. Ble bynnag y byddi di'n troi, fe fyddi di mewn trap.'

O'r diwedd aeth Mr Stowell yn wyllt gacwn. Ddim yn dreisgar, ond yn y ffordd waethaf i ddyn fel fe. Gwnaeth i Terry Quarm edrych yn ffŵl.

'Rwyt ti'n dwp,' meddai. 'Fe fydd y system yn dy faglu di, hyd yn oed. Fyddi di ddim yn gallu cyfrifo a ydyn nhw wedi rhoi digon o arian budd-dal diweithdra i ti!'

Tarodd geiriau Mr Stowell eu targed. Trodd y chwarae'n chwerw. Symudodd Terry Quarm yn ansicr. Doedd e ddim yn gwybod sut i daro 'nôl.

'Dwi ddim yn dwp. Dim ond achos mod i'n meddwl bod y lle 'ma'n dwll, dyw e ddim yn golygu 'mod i'n dwp.'

'Nac ydy?' meddai Mr Stowell yn swta. 'Dere 'mlaen, 'te. Beth yw un deg un bunt naw deg pump adio pedair punt naw deg naw?'

Aeth llaw Terry Quarm yn awtomatig i'w boced a thynnu cyfrifiannell allan. Dyma Mr Stowell, wedi colli ar ei hunan yn llwyr, yn ei tharo o'i law nes ei bod yn clecian ar hyd y llawr.

'Terry, dere. Os nad wyt ti'n dwp fe ddylet ti fod yn gallu gwneud hynny yn dy ben.'

Gadawodd i Terry Quarm geisio gwneud y sỳm am ychydig eiliadau cyn colli ei amynedd.

'Un deg chwech punt naw deg pedwar yw'r ateb. Y swm, Terry, y bydd yn rhaid i dy rieni dalu am lyfrau newydd yn lle'r rhain.'

Dyna ni. I ffwrdd â Mr Stowell i lawr y coridor, ac aeth Terry Quarm draw i godi ei gyfrifiannell, a gwg ar ei wyneb.

Ond cyrhaeddodd Motto o'i flaen. Cododd y gyfrifiannell, ei rhoi iddo fel petai'n gwneud ffafr i'w arwr, a sibrwd yn dawel.

'Alla i ddim credu na wnes i ddyfalu. Chi… pob un ohonoch chi… chi yw criw SUN, ynte?'

Edrychodd Terry Quarm dros ei ysgwydd i'r man lle roedd Karl Anstice eisoes yn dod allan i'r coridor i gwrdd ag e. Roedd Aaron Byrne a Colin Upton yn ei ddilyn.

'T-E-L,' meddai Motto o dan ei wynt wrth Quarm. 'Dyna dy dag di, ynte? A'r lleill—'

Torrodd Karl Anstice ar ei draws. 'Cau dy geg.'

Yr un geiriau â'r Llais Oer yn y cwt pan ymosododd criw SUN arnom. Ond nid yr un llais. Yno roedd e wedi ceisio'i guddio. Dyna pam. Rhag ofn y bydden ni'n ei adnabod.

Daliodd Motto ati, ond gan sibrwd eto. 'Y nodyn. Gawsoch chi'r nodyn?'

'Cau dy geg!' meddai Karl Anstice eto.

Y tro hwn, caeodd Motto'i geg. Edrychodd Karl Anstice yn gas ar Terry Quarm, yna trodd 'nôl atom fel petai e wedi gwneud penderfyniad.

'Felly ry'ch chi eisiau ymuno â ni, ydych chi? Dewch i'r cwt heno 'te. Wyth o'r gloch.'

'Pedwar ohonyn nhw,' medd Shiner. 'Terry Quarm, Karl Anstice, Aaron Byrne, Colin Upton. Doeddech chi ddim yn cofio bod pum tag bob amser pan oedd criw SUN yn ymosod?'

'Wrth g-gwrs hynny.'

PSG, ZIP, HI2U, Tel ac Alffa. Terry Quarm oedd Tel, roedden ni'n gwybod hynny. A bron y peth cyntaf ddwedodd Motto pan gyrhaeddon ni'r dosbarth cofrestru oedd ei fod e'n meddwl mai Colin Upton oedd HI2U — fel yn 'Hi to Upton'.

Ond am y pumed aelod...

'Doedd Motto ddim yn p-poeni am y peth,' meddaf. 'Roedd e'n meddwl mai rhyw fachgen arall roedden nhw'n ei nabod oedd hwnnw. Efallai rhywun oedd wedi cael ei daflu allan o'r ysgol. Roedd c-cwpwl o'r rheini wedi bod.'

'Felly — y cyfarfod. Est ti?'

Dwi'n nodio.

'Pam?'

'Achos ro'n i'n ofni p-peidio.'

Pennod Deuddeg

Roedden nhw'n aros amdanom, y pedwar ohonynt. Dim masgiau sgïo'r tro hwn, wyneb yn wyneb. Roedd Karl Anstice yn chwarae â nodyn Motto.

'Felly *ry'ch* chi o ddifrif, felly.'

Roedd Colin Upton yn gorwedd ar hen flanced, a'r smotiau o baent ar yr estyll wrth ei draed yn fy atgoffa o'r hyn roedden nhw wedi'i wneud i ni. 'Cŵl, Motto,' meddai, gan nodio. 'Rwyt ti'n ddewr.' Trodd ataf i. 'Ry'ch chi'ch dau'n ddewr.'

Er gwaethaf y tynnu coes allwn i ddim llai na theimlo ton o bleser. Roedd Motto'n gwerthfawrogi'r sylw hefyd. 'Dwi eisiau ymuno â chriw SUN,' meddai. 'Dim lol. Wir, nawr.'

'Dwi', nid 'ry'n ni'. Ei dafod wedi llithro, mae'n rhaid.

Symudodd Terry Quarm draw ataf i. 'Mae'r un peth yn wir amdanat ti, ydy e, P-P-Pete?'

Oedais. Oedd e? Oedd yr un peth yn wir amdanaf i hefyd?

Edrychais ar Motto, fy ffrind. Diflannodd y blynyddoedd. Roedden ni yn ein cuddfan bren, gyda Motto wrthi'n frwd yn gwneud cynlluniau, yn meddwl am gemau, yn creu ffantasïau, yn breuddwydio breuddwydion llawn antur a hwyl.

Felly, oedd hyn yn wahanol? Adeg wahanol, cwt gwahanol, ond roedd Motto'n dal yr un mor frwd. Motto, fy ffrind.

110

Roedd e eisiau ymuno â chriw SUN, on'd oedd? Felly roedd yn rhaid i mi wneud hynny hefyd. Allwn i ddim gwneud dim yn wahanol.

'Siŵr iawn,' clywais fy hunan yn dweud, 'dwi eisiau y- ymuno hefyd.'

Safodd Karl Anstice yn fwy syth. 'O'r gorau. Ond os ydych chi eisiau ymuno, mae'n rhaid i chi haeddu eich lle.'

'Sut?' gofynnodd Motto ar unwaith.

Cyfarthodd Terry Quarm yr ateb. 'Ry'n ni eisiau talu 'nôl i Mr Stowell am beth wnaeth e heddiw. Ry'n ni eisiau i'w ffenestri gael eu difetha.'

'Ffenestri'r adeilad, ry'ch chi'n ei feddwl? Bloc C?'

'Nage, nid yr adeilad. Dim ond ei ffenestri fe. Yr adran Hanes.'

Chwarddodd Aaron Byrne, braidd yn nerfus. 'Meddylia am neges dda i'w rhoi arnyn nhw, Motto. 'Twll tin Mr Stowell', rhywbeth fel yna. Rhywbeth i wneud iddo fe chwydu pan fydd e'n gweld pawb yn chwerthin am ei ben e.'

'Gwnewch e dros y penwythnos,' meddai Terry Quarm, gan fwynhau meddwl am y peth. 'Fel bod y neges yn aros amdano fe ddydd Llun.'

Doeddwn i ddim wedi disgwyl hyn. 'T-torri i mewn i'r ysgol, ry'ch chi'n ei feddwl?'

'Nage,' meddai Karl Anstice.

'Ond mae'r adran Hanes ar y llawr uchaf,' meddai Motto. 'Pa ffordd arall sydd?'

'Mot-to,' gwenodd Karl Anstice, gan ddweud y llysenw fel petai'n ddau air, 'os wyt ti eisiau ymuno â'r criw, mae'n rhaid i ti ddangos dy fod ti'n gallu ymdopi.' Edrychodd ar y ddau ohonom yn ein tro. 'Mae'n rhaid i chi ddringo'r sgaffaldau.'

Roedd Motto wedi mynd yn welw. 'Dringo'r sgaffaldau?'

Cododd Terry Quarm ei ysgwyddau a rhoi ei ddwylo ar led. 'Maen nhw yno i chi, yn disgwyl amdanoch chi. Mae'n drueni peidio'u defnyddio nhw.'

'Ychydig o ysgolion i'w dringo, dyna i gyd,' ychwanegodd Aaron Byrne. 'Dim problem. Fe fydd e fel bod yn lanhawyr ffenestri. Ond fe fyddwch chi'n gwneud y gwrthwyneb.'

'Gwneud y ffenestri'n frwnt,' gwenodd Terry Quarm.

Roedden nhw wedi gwneud i'r cyfan swnio'n syml. Efallai ei fod e. Roeddwn i wedi sylwi ar yr ysgolion, yn mynd o naill lefel y sgaffaldau i'r nesaf fel allanfa dân, a'r gweithwyr yn rhuthro i fyny ac i lawr. Dim ond unwaith y byddai'n rhaid i ni eu dringo nhw, addurno'r ffenestri, a mynd i lawr eto.

'Felly,' meddai Terry Quarm. 'Ydych chi'n dal i fod eisiau ymuno â ni?'

Arhosais i Motto ateb, gan ei annog yn fy meddwl i wrthod. Ond y cyfan wnaeth e oedd llyfu ei wefusau'n nerfus.

'Achos os nad ydych chi,' meddai Colin Upton oedd yn dal i eistedd ar y llawr, 'mae'r sefyllfa braidd yn anodd. Ry'ch chi'n gwybod pwy ydyn ni, chi'n gweld. Fe allech chi ddweud wrth rywun.'

'Wnawn ni ddim,' meddai Motto'n bendant, 'fydden ni byth yn gwneud.'

'Wel, a siarad yn blwmp ac yn blaen,' cerddodd Terry Quarm o'n cwmpas fel siarc. 'Peidiwch â meddwl am y peth, hyd yn oed. Dim un ohonoch chi...' Gadawodd y bygythiad heb ei orffen.

Pwysodd Karl Anstice ymlaen, fel petai'n dod â chyfarfod busnes i ben. 'Da iawn. Mae pawb yn deall ei gilydd, felly. Os pasiwch chi'r prawf yma, fe gewch chi ymuno â ni.'

Cydiodd Motto yn fy mraich yn syth ar ôl i ni eu gadael nhw. 'Pete, mae'n rhaid i ti fy helpu i.'

Roedd e'n edrych yn ofnus tu hwnt. Yr unig beth y gallwn ei feddwl oedd ei fod wedi dweud celwydd wrthynt. Yna, ei fod wedi newid ei feddwl ac nad oedd eisiau ymuno â nhw o gwbl. Ond roeddwn i'n hollol anghywir.

'Alla i ddim dringo'r sgaffaldau 'na,' meddai.

'Beth?'

'Alla i ddim. Ddim o gwbl. Mae ofn uchder arna i.'

Roedd ei anadl yn fyr ac yn ffyrnig ac roedd hi'n amlwg nad oedd e'n tynnu coes. Yna cofiais. Y depo bysiau.

'Ofn... Ai dyna pam nad oeddet ti eisiau rhoi tag ar do'r bws V reg? Dyna pam ddwedaist ti y gallwn i fynd lan i'r to?'

Nodiodd. 'Ie. Allwn i ddim bod wedi'i wneud e. Fe fyddwn i wedi syrthio. Pan dwi lan yn uchel mae 'mhen i'n troi, ti'n gweld. Dyna beth sy'n digwydd i mi.'

'Ers pryd?'

'Dwi ddim yn gwybod. Erioed, dwi'n credu. Mae e'n digwydd hyd yn oed pan fydd hi'n ddiogel.'

Atgof arall. 'Fel lan yn yr ystafell Gelf?'

Hyd yn oed yno, a ninnau'n saff y tu mewn, doedd e ddim wedi eisiau mynd yn agos at y ffenestri, neu aros yno'n hir. Nodiodd Motto. 'Mae edrych i lawr yn gwneud i mi deimlo'n sâl. Os ydw i'n aros yno'n rhy hir mae'r cyfan yn dechrau troi.'

Teimlais fel chwerthin. 'Ofni uchder! Motto, pam na dd-ddwedaist ti hynny wrth griw SUN? Pam na dd-ddwedaist ti hynny 'nôl fan 'na?'

'A gwneud iddyn nhw feddwl 'mod i'n dda i ddim? Fyddai dim gobaith gen i wedyn.' Cydiodd yn fy nghrys, a'm tynnu'n agos. 'Helpa fi, Pete. Plîs. Fe ddof i, ond ti fydd yn gorfod dringo i ben y sgaffaldau. O'r gorau?'

Oedais.

'Plîs! Addo y gwnei di.'

Motto, yn gofyn i mi wneud rhywbeth na allai e ei wneud? Sut gallwn i ei wrthod? Doedd e erioed wedi fy siomi, nac oedd?

'D-dwi'n addo,' meddwn.

'Dwed e.'

'Beth?'

'Dwed e!'

Sylweddolais yn araf am beth roedd e'n sôn. Ac, wrth i mi ei ddweud, roedden ni'n blant eto, 'nôl yn ein cuddfan.

'Cris-croes, tân poeth,' meddwn.

Petawn i ond yn gwybod...

'Fe gytunaist ti i fynd lan yn ei le fe?' medd Shiner.

Y cyfan y galla i ei wneud yw nodio, dangos ei fod wedi deall y stori, bod pethau wedi digwydd yn wahanol i'r ffordd roedd e'n meddwl.

Dyna pam rydyn ni yma, wedi'r cyfan, yn eistedd bob ochr i fwrdd gyda fi'n ceisio rhoi atebion i'w gwestiynau ditectif — hyd yn oed pan mai atebion nad yw e eisiau eu clywed ydyn nhw.

Ac roedd hwn yn ateb nad oedd e eisiau ei glywed. Mae e'n oedi am amser hir wrth iddo geisio deall.

'Os cytunaist ti i ddringo'r sgaffaldau 'na drosto fe,' medd ef o'r diwedd, 'sut felly...'

Y tro hwn, dwi'n gorffen y cwestiwn drosto hefyd.

'S-sut mai fe ddringodd lan? Dyna r-rych chi eisiau'i wybod, ie?'

Rydyn ni'n dod at wraidd y mater, Dditectif Arolygydd Tomlinson, rydych chi'n mynd i glywed yn union beth ddigwyddodd.

Ac mae'n rhaid i chi fy nghredu i.

Nid fi oedd ar fai am yr hyn ddigwyddodd.

Mae'n rhaid i chi fy nghredu i.

Pennod Tair ar Ddeg

Ar ôl gadael Motto, roeddwn i wedi mynd adre'n syth. Roeddwn i'n dechrau difaru addo'n barod. Roedd fy mhen yn troi, fel roedd e wedi gwneud mor aml yn yr ysgol pan oedd y peiriant ffrwythau'n chwyrlïo'r ffeithiau o gwmpas.

Felly dyma fi'n gwneud yr un peth ag arfer pan na allwn feddwl yn iawn. Es allan i'r garej i weithio ar y cynllun trenau.

Roedd y platfform lefel isel wedi'i orffen. Roedd y trac yn ei le, wedi'i gysylltu ac yn barod, yn plymio o dan y ddaear ac yna'n dod i'r wyneb eto.

Penderfynais redeg trên i brofi'r darn newydd. Cysylltais dri cherbyd wrth hen injan, a'u hanfon ar wib o gwmpas y trac, ac yna'n ôl i'r darn newydd. Aeth popeth yn dda tan i mi eu gyrru i lawr i'r platfform tanddaearol. Yno, wrth i'r trên gyrraedd y rhan isaf, cydiodd ar ddarn nad oeddwn i wedi'i gysylltu'n lân, a stopiodd yn stond.

Roeddwn i ar fin rhoi trefn ar bethau pan gerddodd Mam i mewn, gan edrych fel petai dim byd gwell ganddi i'w wneud.

'Wyt ti wedi gweld y gwirod gwyn, Peter?'

Ces i fy nhaflu gan y cwestiwn am eiliad, roedd hi wedi holi mor ddiniwed. Gwnes bwynt o fynd draw at y silff lle roedd yn cael ei gadw er fy mod i wedi sylweddoli, er mawr arswyd, nad oeddwn wedi mynd ag e 'nôl wedi ymosodiad criw SUN.

'Dyw e ddim 'na. Dwi wedi edrych,' meddai hi. 'Dyw e ddim yn digwydd bod yn dy ystafell di, ydy e? Y paent melyn ar dy wddf di ac ati?'

Cydiais yn y cyfle roedd hi wedi'i roi i mi. 'Wrth gwrs, dwi'n cofio nawr. D-dyna ble mae e. Fe af i'w nôl e nawr.'

'Does dim brys.' Symudodd hi'n nes, gan edrych dros y trenau bach. 'Felly ble mae'r darn rwyt ti wedi bod yn ei baentio'n felyn?'

Wrth i mi gofio fy ateb sydyn i Mam pan oedd hi wedi sylwi ar y paent melyn ar fy ngwddf, sylweddolais pa mor dwp oedd dweud fy mod i wedi'i wneud e wrth weithio ar y cynllun trenau. Doedd dim un o'r newidiadau wedi'u paentio'n felyn. Ceisiais newid y stori.

'Mae'n rhaid ei fod e wedi digwydd yn yr ysgol 'te. Yn ystod Celf.'

'Sylwais i ddim arno fe dros y penwythnos. Dim ond fore dydd Llun. Roeddet ti'n gweithio ar dy brosiect Celf gyda Mark ar y penwythnos, oeddet ti?'

'Oeddwn. Dyna pryd digwyddodd e, mae'n rhaid.'

Edrychodd Mam yn syth arnaf. 'Fe ddwedaist ti mai prosiect Daearyddiaeth oedd e.'

'Nage. Celf.'

'Celf oedd e'r tro cyntaf soniaist ti amdano fe. Y tro diwethaf, Daearyddiaeth oedd e. Felly Celf yw e eto nawr, ie?'

Roeddwn i'n dechrau drysu a dechreuodd hyn ddod i'r amlwg. 'Oes g-gwahaniaeth? Felly fe g-ges i ychydig o baent ar fy ngwddf. Beth yw'r b-broblem?'

Ddwedodd hi ddim byd am ryw ugain eiliad, fel petai hi'n ceisio penderfynu beth ddylai hi ei ddweud nesaf. Pan siaradodd hi, roedd ei geiriau fel taran.

'Y broblem yw dy fod ti'n dweud celwydd, ac rwyt ti wedi bod yn gwneud drwy'r amser. Dwi'n iawn, on'd ydw i.' Gosodiad oedd hwn, nid cwestiwn.

Gwaeddais, fel petai hynny'n helpu i'w hargyhoeddi hi. 'Dwi ddim yn dweud celwydd! Edrych, fe g-ges i ychydig o baent ar fy ngwddf. Dwi ddim yn g-gwybod o ble daeth e. Diwedd y stori, Mam.'

Gwthiodd hi ddrws y garej ar agor a chodi'r bag plastig roedd hi wedi'i adael y tu allan.

'Na, nid dyna ddiwedd y stori, Peter. Dim ond dechrau'r stori yw e.'

Doedd hi'n dal ddim wedi codi ei llais. Dyna oedd yn annifyr.

Mam oedd yr un oedd yn cyffroi fwyaf; Dad oedd yr un tawel. Ond dyma hi, yn ymddwyn yn union fel fe. Chododd hi mo'i llais, hyd yn oed pan roddodd y bag yn fy nwylo a gofyn, 'Beth ddigwyddodd i'r rhain?'

Edrychais ar y bag roeddwn wedi'i roi yn y bin ar ôl i griw SUN ein tagio. Roedd fy nillad llawn paent yno o hyd, ond roedden nhw'n galed i gyd nawr lle roedd y paent wedi sychu.

'Fe wnest ti gamgymeriad yn eu rhoi nhw o dan bapur newydd nad oeddwn i wedi'i ddarllen,' meddai. 'Fel arall efallai na fyddwn i wedi dod o hyd iddyn nhw. Felly, fe ofynna i i ti eto. Beth ddigwyddodd iddyn nhw, Peter?'

Ceisiais ei bwrw oddi ar y trywydd eto.

'Ocê. Dim ond hen g-gêm dwp oedd hi. Fe ddaeth cwpwl o blant â chaniau chwistrellu i'r ysgol. Fe ddechreuodd pawb ch-chwarae o gwmpas ond wedyn aeth pethau dros ben llestri a throdd y cyfan yn rhyw fath o ff-ffeit. Fe daflais i nhw achos ro'n i'n gwybod y byddet ti'n mynd yn benwan petaet ti'n eu gweld nhw.'

'Peter, paid â dweud celwydd wrtha i!' Y tro hwn roedd ei llais yn galed. 'Dy grys gorau di sydd yn y bag 'ma, nid un o dy grysau ysgol.'

Tynnodd y crys allan, gan gydio yn y llewys fel bod yr holl lanast a thagiau criw SUN yn amlwg.

'Wyt ti'n meddwl nad ydw i'n gwybod beth yw'r rhain? Dwi'n gweithio i gwmni glanhau, neu efallai dy fod ti wedi anghofio! Beth wyt ti'n meddwl dwi'n wneud? Nid hwfro yw'r gwaith i gyd, ti'n gwybod! Dwi'n treulio digon o amser yn glanhau'r math yma o beth oddi ar waliau a lloriau a Duw a ŵyr ble!'

Pwyntiodd ei bys 'nôl ac ymlaen yn gynddeiriog, gan ddangos y tagiau. 'SUN. PSG, ZIP. H12U. Tel. Beth maen nhw'n eu galw nhw, dwed – tagiau ydyn nhw, ynte?'

Roedd fy mhen yn teimlo fel petai trobwll ynddo. Do'n i ddim eisiau dweud wrthi, ond doedd hi ddim yn mynd i symud tan i mi ddweud rhywbeth – digon i'w bodloni hi, beth bynnag.

'Ocê. Fe ymosodon nhw arnon ni. Motto a fi. Ar ein ff-ffordd adref o'r sinema.'

'Pwy ymosododd arnoch chi?'

'Nhw.' Pwyntiais at dag SUN, oedd wedi'i chwistrellu dros fy nghrys. 'Criw SUN yw eu henw nhw.'

'Pam na ddwedaist ti wrtha i?'

'Ach-achos... achos do'n i ddim eisiau i ti boeni.'

'Pwy ydyn nhw? Wnest ti eu gweld nhw?'

'Naddo. Roedd m-masgiau dros wynebau pawb.'

Am eiliad roedd hi fel petai'n fodlon. Ond yna edrychodd eto ar y crys, ac ar dagiau criw SUN.

'Pam wnaethon nhw fe?' gofynnodd.

Cefais fy synnu gan y cwestiwn. Codais fy ysgwyddau, a cheisio osgoi'r peth. 'D-dwi ddim yn gwybod. Pam maen nhw'n gwneud unrhyw beth?'

'Dwi ddim yn gwybod pam eu bod nhw'n rhoi graffiti ar adeiladau a mannau fel yna,' meddai Mam. 'Alla i ddim deall hynny. Ond ymosod ar bobl? Dwi'n credu y galla i ddyfalu pam y bydden nhw'n gwneud hynny. Oherwydd bod gan-ddyn nhw sgôr i'w setlo.'

'Beth?'

Roedd hi fel ci hela'n dilyn trywydd, a doedd hi ddim yn mynd i ollwng gafael. 'Wyt ti'n un ohonyn nhw, Peter? Yn fandal graffiti?'

'Nac ydw!'

'Wnest ti a Mark godi gwrychyn y criw 'ma? Ai dyna pam wnaethon nhw hyn?'

'Nage! Nage, dwi'n dweud wrthot ti!'

Edrychodd hi'n syth arna i. 'Wyt ti'n chwistrellu graffiti. Ydw neu nac ydw?'

'N-n-nac ydw.' Prin y gallwn i ddweud y geiriau.

'Wyt ti'n addo?'

'Dwi'n... addo.'

Nodiodd ei phen, unwaith. 'O'r gorau. Dwi'n dy gredu di.'

Trodd ar ei sawdl a mynd 'nôl i mewn i'r tŷ. Ar ei ffordd gollyngodd y bag plastig 'nôl yn y bin heb edrych ddwy-waith.

Oedd hi wedi fy nghredu i? Allwn i ddim dweud. Ond roeddwn i wedi dweud celwydd wrthi eto ac roeddwn i'n casáu fy hunan am wneud.

Roedd y trên yn dal i swnian yn dawel ar y trac, yn sownd ar y darn nad oedd wedi'i gysylltu'n iawn yn y twnnel tanddaearol – y trên a oedd wedi bod yn rhedeg yn hapus ers blynyddoedd ar yr wyneb ond a oedd wedi cael ei anfon ar lwybr newydd ac wedi mynd yn sownd yn y tywyllwch.

Ac wrth i mi blygu i'w ryddhau, allwn i ddim peidio â meddwl am un peth.

Fi oedd y trên hwnnw.

Mae'n debyg mai'r hyn dwi'n ei ddweud yw hyn, hyd yn oed wrth bacio caniau chwistrellu yn fy sach gefn a'i rhoi o'r golwg yn y garej, roeddwn i'n dechrau amau.

Roeddwn i'n teimlo fy mod i'n cerdded ar hyd si-so a'm bod wedi cyrraedd y darn yn y canol.

Ar un ochr roedd Motto, a'r pethau roedd e'n frwd drostynt – dal ati gyda'r graffiti ac, yn enwedig, ymuno â chriw SUN.

Ar yr ochr arall roedd – beth? Dim Motto? Dyna'r rhan oedd yn anodd i mi. Roeddwn i bob amser wedi bod ar yr un pen o'r si-so ag ef, yn ddi-os. Ond nawr roedd y fantol yn troi.

Am bedair awr ar hugain, wyddwn i ddim beth i'w wneud. Yna digwyddodd rhywbeth a drodd y fantol yn llwyr. A Motto ei hunan wnaeth e.

Roeddwn i wedi treulio bore dydd Sadwrn yn gweithio ar y cynllun set trenau. Roedd popeth bron ar ben. Erbyn un ar ddeg o'r gloch dim ond ychydig o fân bethau oedd gen i i'w gwneud, gludo ychydig o ffigurau bach ac ychydig o bethau roeddwn i wedi gorfod eu tynnu i ffwrdd er mwyn cyrraedd y bwrdd gwaelod, a byddai'r cyfan ar ben. Dyna pryd sylweddolais i, wrth gasglu popeth oedd ei angen arnaf, nad oedd digon o sment modelu ar ôl.

Roedd yr unig siop oedd yn gwerthu stwff da yn y dref. I ffwrdd â mi, ac roeddwn i'n crwydro 'nôl drwy'r ganolfan siopa pan welais i Motto o'm blaen. Daliais i fyny ag e wrth iddo fynd i mewn i'r siop chwaraeon.

Efallai, petawn i wedi sylwi ar yr arwyddion yn y ffenestri, y byddwn wedi sylweddoli pam. Fel roedd hi, dilynais ef i mewn.

'Wyt ti'n chwilio am unrhyw beth arbennig?' meddwn i.

'Dim ond edrych o gwmpas. Gwna ffafr â mi. Cydia yn hwn am eiliad, wnei di? Dwi eisiau mynd lan lofft i weld beth sydd gyda nhw.'

Rhoddodd y bag roedd e'n cydio ynddo i mi ac i ffwrdd ag ef. Doeddwn i ddim callach, felly crwydrais o gwmpas tan iddo ddod 'nôl eto. Clywais y bag roeddwn i'n ei ddal iddo yn symud, ond chymerodd Motto mohono 'nôl.

Yna, dwedodd, 'Nac oes. Does dim byd gyda nhw,' mewn llais digon uchel i'r gweithiwr siop glywed, a'm gwthio tuag at y drws.

Wrth i ni fynd drwy'r drws aeth popeth yn hollol wyllt.

Un eiliad roedd Motto wrth fy ochr. Yr eiliad nesaf, dechreuodd larwm uchel sgrechian a chipiodd e'r bag o'm bysedd a gweiddi, 'Rheda!'

Am eiliad roeddwn i wedi drysu. Edrychais o gwmpas. Y tu mewn i'r siop roedd dyn mewn crys gwyn a bathodyn wedi dechrau symud yn barod ac yn dod tuag atom. Dim ond wedyn y sylweddolais i beth roedd Motto wedi'i wneud.

Roedd hi bron yn rhy hwyr. Gwibiodd y dyn yn y crys gwyn tuag ataf a cheisio cydio yn fy mraich. Tynnais fy hunan yn rhydd, a mynd fel cath i gythraul i lawr y stryd ar ôl Motto. Rhedais yn wyllt ar draws y stryd, a'i ddilyn drwy ddrysfa o lonydd cul, a'm calon yn morthwylio tan i ni redeg ar hyd y llwybr i'w dŷ o'r diwedd a minnau'n gwybod ein bod ni wedi dianc yn ddiogel.

Dim ond wedyn y sylweddolais beth oedd ystyr y cyfan. Taflodd Motto ei hunan ar ei wely, wrth ei fodd, a rhoi ei law yn y bag roedd e wedi gofyn i mi ei ddal – ac estyn ohono y masg sgïo du roedd e wedi'i ddwyn o'r siop.

'Masg sgïo du,' ochneidiodd Shiner wrth iddo ddweud y geiriau. 'Fel roedd criw SUN yn ei wisgo.'

'Ie, fel roedd criw SUN yn ei wisgo.'

Pwysais 'nôl yn fy nghadair, a syllu ar y nenfwd noeth. Mae rhan fach o'm meddwl yn holi pam mae'n rhaid i fannau fel hyn fod mor ddiflas, ond mae rhan reit ar flaen fy meddwl yn cofio sut dechreuais i sylweddoli beth oedd gwir ystyr yr hyn roedd e wedi'i wneud...

'Edrych ar hwn,' anadlodd Motto. Llithrodd y masg dros ei ben. Roedd y tag diogelwch plastig yn dal arno. 'Cŵl, neu beth?'

Sŵn y bag yn symud yn y siop. Roedd Motto wedi sleifio'r masg yna i'r bag wrth i mi ei ddal iddo. Ac roedd e wedi gadael i mi ei gario allan o'r siop.

'Dyna beth t-twp i'w wneud!' gwaeddais.

Tynnodd y masg i ffwrdd. 'Beth yw dy broblem di? Ddalion nhw mohonot ti, do fe?'

'Dim diolch i ti! Fi oedd yn dal y bag 'na!'

Lledodd Motto ei ddwylo. 'Pete, digwydd meddwl am y peth wnes i. Welaist ti mo'r arwydd yn y ffenest?'

'Pa arwydd?'

'Dillad chwaraeon y gaeaf. Ro'n nhw newydd gael eu stoc newydd i mewn.'

Daliodd y masg sgïo i fyny fel petai'n wobr. Doedd e ddim yn poeni dim. Doedd e ddim yn gweld pam roeddwn i'n poeni. Y cyfan y gallai ei wneud oedd cydio yn y masg 'na.

'Fe f-fues i bron â chael fy nal!'

'Ocê, was. Roedd hynny'n beryglus ofnadwy, oedd. Ond roedd hi'n werth mentro.'

Am eiliad aeth yr atal dweud yn drech na fi. 'Dd-ddim i f-fi doedd e dd-ddim!'

Daeth golwg dros wyneb Motto nad oeddwn wedi'i gweld o'r blaen. Na, dyw hynny ddim yn gywir. Daeth golwg dros ei wyneb roeddwn wedi'i gweld sawl gwaith o'r blaen gan blant eraill, ond erioed ganddo fe. Erioed gan fy ffrind gorau.

'Rwyt ti eisiau un hefyd, wyt ti?' gwawdiodd. 'O'r gorau, P-P-Pete, fe af i 'nôl a dwyn un i ti wedyn.'

Doedd e erioed, erioed wedi chwerthin am fy mhen fel yna.

Am y tro cyntaf yn fy mywyd teimlwn fel ei daro, fel rhoi ergyd iddo, a'i frifo sut bynnag y gallwn i.

'D-dwi ddim eisiau un!' gwaeddais. 'D-dwi ddim yn hidio taten am griw SUN!'

Dim ond codi'i ysgwyddau wnaeth e.

Plygodd draw at y bwrdd wrth ei wely a thynnu dalen o bapur. Roedd e wedi bod yn ymarfer. Roedd y neges 'Twll tin Mr Stowell' wedi'i gosod arni, yn union fel roedd e wedi bwriadu iddi gael ei rhoi ar ffenestri'r ysgol. Dechreuodd ychwanegu rhagor o fanylion â phen blaen ffelt.

'Fe welaf i ti fory 'te,' meddai, heb edrych i fyny hyd yn oed.

'Dim o gwbl.'

Roedd hi'n teimlo fel petai person arall wedi dweud y geiriau, er fy mod i'n gwybod mai fi wnaeth. Y tro hwn, edrychodd Motto i fyny.

'Beth?'

Doedd dim modd osgoi'r peth. 'Fel dwedais i. Dim o gwbl. Dwi ddim am ei wneud e.'

Newidiodd dacteg wedyn, gan geisio gwneud i mi chwerthin, gan wthio ei law i mewn i'r masg sgïo a rhoi ei fysedd allan drwy'r tyllau llygaid. 'Hei. Mae'n ddrwg gen i, o'r gorau? Fe ddylwn i fod wedi dweud wrthot ti beth oedd gen i ar y gweill.'

Wnes i ddim ymateb, felly ceisiodd ddweud rhywbeth bachog. 'Dere, Pete. Meddylia am y peth. Mae fory'n mynd i fod yn wych. Fe wnawn ni jobyn mor wych ar y ffenestri 'na, fe fydd yn rhaid iddyn nhw newid eu tag i griw SUN MoPete pan fyddwn ni'n ymuno â nhw.'

Codais ar fy nhraed, a mynd am y drws. 'Anghofia fe, Motto. Does arnat ti dd-ddim o fy angen i.'

Mewn eiliad, newidiodd ei hwyl eto. Neidiodd o'm blaen i'm rhwystro rhag mynd allan. 'Mae'n rhaid i ti ei wneud e! Mae'n rhaid i ti!'

'Rho un rheswm da i mi.'

'Un? Fe alla i roi pump i ti. Criw SUN. Fe glywaist ti beth ddwedon nhw. Os na wnawn ni hyn fe fyddan nhw ar ein holau ni, a'r tro yma nid dim ond chwistrellu paent fyddan nhw.'

'Ar ein holau ni? Ar f-fy ôl i, ti'n meddwl. Fyddan nhw ddim ar dy ôl di, Motto. Rwyt ti'n un ohonyn nhw'n barod. Rwyt ti'n gwisgo'r het iawn yn barod.'

Gwthiais ei fraich o'r neilltu ac agor y drws i'w ystafell led y pen. Gwnaeth ei orau glas i geisio ei gau eto, a rhoi un cynnig olaf ar fy rhwystro i rhag gadael.

'Fe addewaist ti! Cris-croes tân poeth!'

Ddwedais i ddim byd. Tynnais ddrws ei ystafell wely ar agor a gwthio fy ffordd heibio iddo ac allan ar y landin. Dilynodd fi, gan ymbil o hyd.

'Pete, dere nawr! Mae'n rhaid i ti ddod gyda fi. Ry'n ni'n bartneriaid, yntydyn ni?'

Stopiais, ac aros yno ar ben y grisiau yn union fel roeddwn i wedi aros a gweld ei fam yn taro wyneb ei chwaer. Beth roedd Lorna wedi'i ddweud wrtha i'r diwrnod hwnnw? 'Mae e'n dy hoffi di achos rwyt ti'n gwneud iddo fe edrych yn dda.'

Cydiodd Motto yn fy ysgwyddau. 'Ry'n ni'n bartneriaid,' ailadroddodd. 'Rydyn ni wedi bod yn bartneriaid erioed. Wel, os wyt ti'n bartner i mi, fe ddoi di gyda fi.'

'Anghofia fe, Motto. Dwi erioed wedi bod yn b-bartner i ti. Dim ond yn android i ti.'

Cerddais i ffwrdd oddi wrtho wedyn.

Am y tro cyntaf yn fy mywyd cerddais i lawr y grisiau, i ffwrdd oddi wrth Motto.

Y tu ôl i mi, dechreuodd e weiddi. 'Wel cer i grafu, 'te! Fe wnaf i'r cyfan ar fy mhen fy hunan. Does dim o dy angen di arna i, P-P-Pete. Wyt ti'n deall? Does dim o dy angen di arna i!'

Taranodd i lawr y grisiau y tu ôl i mi. Daliais ati i gerdded, i fyny'r llwybr ac allan i'r stryd lle roedden ni wedi chwarae mor aml.

Wrth glywed y drws ffrynt yn cau'n glep y tu ôl i mi, allwn i ddim peidio ag edrych 'nôl. Gwelais lenni'n symud yn un o'r ffenestri lan lofft.

Ond nid wyneb Motto a ymddangosodd am eiliad yno.

Wyneb Lorna oedd e.

'Felly roedd Lorna'n gwybod beth oedd yn digwydd, 'te?' gofynna Shiner.

'Yn bendant. Dim ond ar draws y l-landin roedd hi. Mae'n rhaid ei bod hi wedi clywed y cyfan.'

Mae e'n codi ar ei draed, yn cerdded i fyny ac i lawr wrth iddo roi'r darnau at ei gilydd. Mae e'n gwastraffu ei amser. Dim ond fi sy'n gwybod sut maen nhw'n ffitio, ac mae e'n mynd i ddod i wybod yn ddigon buan nawr.

'Allai hi ddim bod wedi'i b-berswadio fe i beidio gwneud, chi'n gwybod. Dim gobaith. Hyd yn oed tasai hi wedi dweud popeth wrtho fe.'

'Allai unrhyw un fod wedi'i berswadio fe i beidio gwneud?' medd Shiner.

'Ro'n i'n mynd i roi cynnig arni,' meddaf.

Mae'n wir. Ar ôl ei adael, roeddwn i wedi cilio i'r garej fel arfer ac, wrth i mi weithio ar y cynllun trenau, ceisiais ystyried y cyfan. Allwn i ddim – o'r gorau – roeddwn i'n gwrthod – credu bod popeth ar ben i Motto a fi.

Erbyn i nos Sul gyrraedd a'r cloc yn prysuro tua'r amser y gwyddwn y byddai'n mynd allan, roeddwn i wedi penderfynu bod yn rhaid i mi roi cynnig arall arni.

'Pam?' gofynna Shiner.

Dwi'n codi fy ysgwyddau. 'Oherwydd...' Dim ond un ddelwedd y galla i feddwl amdani fydd yn egluro'r peth iddo. 'Oherwydd roedd fy nhrên i wedi dod allan o'r twnnel. Roedd ei drên e'n dal ynddo fe.'

'Felly fe est ti draw i'r tŷ?'

Dwi'n nodio. 'Ond doedd n-neb gartref. Dim Motto, dim Lorna... neb.'

Mae Shiner yn eistedd i lawr gyferbyn â mi eto, a'i lygaid yn syllu ar fy rhai i. Rydyn ni bron â chyrraedd. Dyma'r eiliad y mae e wedi bod yn disgwyl amdani.

'Felly fe est ti i'r ysgol?'

'Do. Fe e-es i i'r ysgol.'

Pennod Pedair ar Ddeg

Roeddwn i wedi dringo dros y ffens a rhedeg ar draws tir yr ysgol, yn fy nghwrcwd fel petawn i newydd ddod allan o hofrennydd. Roedd yr haul mor isel ag y gallai fod, ac yn troi fy nghysgod yn llinell hir wrth i mi redeg. Gallwn weld y sgaffaldau o'm blaen, yn cydio wrth Floc C fel iorwg gwenwynig.

Fry uwchben, roedd pelydrau olaf yr haul yn bownsio oddi ar ffenestri'r ysgol, ac yn eu paentio'n goch tanllyd. Dyna pam na allwn ddweud a oedd rhywbeth wedi digwydd iddyn nhw tan i mi gyrraedd, bron. Yna, gan edrych i fyny, gwelais eu bod nhw'n dal yn lân.

Oeddwn i wedi camgymryd? Rhaid bod Motto wedi cyrraedd erbyn hyn. Oedd e wedi mynd i rywle arall? Neu oedd e wedi dechrau cael amheuon, er gwaethaf yr hyn ddwedodd e?

Os felly, roedd yn rhaid bod rhywun arall wedi bod yno. Wrth i mi edrych o gwmpas, gwelais nad oedd y giât oedd yn arwain drwy ffens ddiogelwch yr adeiladwyr wedi'i chau ond roedd hi'n siglo 'nôl a blaen yn yr awel ysgafn.

Wrth i mi symud yn nes, gwelais y clo ar y llawr, wedi'i blygu i gyd. Yna, wrth ei ymyl, roedd rhywbeth arall, rhywbeth du, ynghanol rwbel yr adeiladwyr.

Y masg sgïo roedd Motto wedi'i ddwyn.

Dyna pryd clywais rhyw fath o hanner gweiddi a hanner sibrwd ofnadwy yn dod oddi fry.

'Help! Helpa fi!'

Camais 'nôl ac edrych i weld o ble roedd y waedd yn dod. Y tro hwn gadewais i'm llygaid symud yn arafach ar hyd y lefel uchaf.

Roedd Motto yno.

Wrth i belydrau olaf yr haul fownsio oddi ar ffenestri'r ysgol, gwelais ei ffurf yn erbyn y cochni tywyll. Roedd e ar ei bedwar, yn cydio'n dynn wrth bolyn sgaffald wrth iddo blygu mewn ofn. Sylweddolodd fy mod wedi'i weld, a gwaeddodd eto, yn uwch y tro hwn.

'Pete! Help. Er mwyn Duw.'

Rhoddais fy llaw dros fy llygaid, er mwyn ceisio'i weld yn well. 'Wyt ti'n iawn?' galwais.

Atebodd e ddim am eiliad, fel petai'n ceisio penderfynu a oedd hi'n ddiogel iddo agor ei geg.

'Alla i ddim mynd i lawr,' meddai o'r diwedd. 'Dwi'n – rhy – ofnus.'

Wrth gwrs. Beth oedd e wedi'i ddweud? *Alla i ddim dringo'r sgaffaldau 'na. Mae arna i ofn uchder.*

Roedd e wedi bod eisiau i mi ddringo drosto fe, ond roeddwn i wedi ei adael ar ei ben ei hun. Felly roedd e wedi ceisio gwneud popeth ei hunan ac roedd y cyfan wedi mynd o chwith.

Hyd yn oed o'r man lle roeddwn i, gallwn ei glywed yn anadlu'n drwm, yn llowcio'r awyr wrth iddo geisio rheoli'r panig oedd ychydig islaw'r wyneb. Ceisiais ei dawelu, er nad oeddwn i'n teimlo'n dawel fy hunan, o bell ffordd.

130

'Motto. G-gan bwyll nawr. Dringa i l-lawr yn araf.'

Daeth ei ateb, oedd bron fel gwaedd, 'nôl ar unwaith. 'Dim ysgol...'

Am beth roedd e'n sôn? Edrychais draw i'r dde. Roedd gwaelod yr ysgol isaf yn agos iawn, ac yn arwain o'r llawr i'r lefel gyntaf. Oddi yno, roedd ysgolion eraill yn igam-ogamu o'r naill lefel i'r nesaf.

On'd oedden nhw?

Camais 'nôl ac edrych ar weddill y tŵr sgaffaldau. Roedd yr ysgol o'r lefel gyntaf i'r ail yn ei lle. Roedd brig yr ysgol i'w weld yn amlwg drwy fwlch yn estyll y sgaffaldau. Roedd ysgol arall, ymhellach ar hyd yr ail lefel, yn arwain i'r drydedd lefel yn yr un modd.

Dim ond wrth i mi chwilio am yr ysgol a ddylai fod wedi arwain o'r drydedd lefel i'r man lle roedd Motto yn ei gwrcwd y sylweddolais beth roedd e'n ei ddweud. Doedd dim sôn am yr ysgol.

Roedd yn rhaid ei bod hi wedi syrthio. Roedd yn rhaid bod Motto, oedd yn crynu fel deilen, wedi gwneud iddi syrthio rywsut. Roedd yn rhaid ei bod hi'n gorwedd yno, i fyny ar y drydedd lefel. Gallwn ei rhoi hi 'nôl yn ei lle petawn i'n dringo i fyny yno.

'Dwi'n dod i fyny,' galwais.

Stwffiais y masg sgïo yn fy mhoced, rhedeg at waelod yr ysgol isaf a dechrau dringo. Gyda phob cam roedd y strwythur i gyd yn ymddangos fel petai'n siglo. Roedd y pum metr cyntaf i'r lefel gyntaf yn ymddangos fel pum deg metr. Camais yn ofalus oddi ar yr ysgol ac ar yr estyll sgaffaldau oedd yn smotiau paent i gyd.

131

Roedd yr awel ysgafn oedd i'w theimlo ar y gwaelod fel petai wedi cryfhau, gan wneud i'r sgaffaldau ganu wrth i'r gwynt chwibanu drwyddynt. Cerddais yn araf draw at yr ysgol nesaf a dechrau ei dringo. Roedd pob gris fel petai'n siglo o dan fy nhraed, fel petai'n gwneud i'r ysgol ysgwyd o'r naill ochr i'r llall. Ceisiais beidio â thynnu fy llygaid oddi ar y ris nesaf, ceisiais beidio ag edrych i'r ochr a thrwy'r ffenestri i'r ystafelloedd dosbarth a'u cadeiriau gwag a'r llyfrau wedi'u gadael ar y byrddau.

Wrth i mi gyrraedd yr ail lefel galwais, 'Motto. Sut wyt ti, fachgen?' Dim ond ochneidio'n ofnus wnaeth e, heb ddweud gair.

Cerddais yn betrus ar hyd y planciau. Byddai'r ysgol igam-ogam nesaf yn arwain i'r drydedd lefel. Yno byddwn i'n gweld beth oedd wedi digwydd, yn rhoi trefn ar bethau, ac yn helpu Motto i ddod i lawr.

Rhoddais fy nhroed ar y ffon isaf a dechrau dringo – yn uwch, yn uwch, fry tuag at y bwlch yn y planciau uwch fy mhen, a'r ysgol yn ysgwyd fel llong mewn storm. Cyrhaedd-ais y bwlch, ac aeth fy mhen a'm canol drwyddo fel petawn i'n dringo i fyny i atig. Yna daliais i fynd hyd nes imi gyrraedd brig yr ysgol a gallwn gamu i'r naill ochr i'r drydedd lefel.

'Dwi b-bron 'na, Motto.'

Gallwn ei weld nawr, yn union uwch fy mhen, drwy fylchau planciau'r lefel uchaf. Gallwn weld ei sach gefn, a'r caniau chwistrellu roedd e wedi'u tynnu allan. Ond am Motto roeddwn i'n poeni. Hyd yn oed o'r man lle roeddwn i, gallwn weld ei fod yn ysgwyd gan ofn, a'i freichiau, ei goesau, ei gorff i gyd yn gwneud i estyll y sgaffaldau fwrw yn erbyn ei gilydd.

132

'Dwi'n mynd i nôl ysgol,' meddwn i. 'Fe fydda i lan gyda ti mewn chwinciad.'

'Diolch. Diolch, Pete. Ti yw'r ffrind gorau gallai unrhyw un ei gael.'

Roeddwn i'n ceisio swnio'n hyderus, ond nid dyna sut roeddwn i'n teimlo. Fyddai cael yr ysgol 'nôl i'w lle ddim yn hawdd. Mor uchel â hyn, teimlwn fel petai angen pedair llaw arnaf – dwy i godi'r ysgol a dwy arall i gydio yn y sgaffaldau fel na fyddwn i'n cwympo. Trois, ac edrych ar hyd y lefel i'r man lle dylai'r ysgol fod.

Doedd hi ddim yno.

Ar ben hynny, nid wedi llithro i lawr roedd hi; roedd hi wedi syrthio i ffwrdd o'r man lle dylai fod ac roedd hi wedi mynd dros ochr y sgaffaldau.

Dyna pryd y gwelais hi. Roedd hi ymhell i lawr, wedi'i chladdu mor ddwfn yn y llwyni ger gwaelod y sgaffaldau fel y byddai wedi bod yn amhosib i mi ei gweld hi pan oeddwn i lawr yno. Ac roedd hi'n edrych fel petai hi wedi'i thorri'n ddarnau.

Dwedais y newyddion drwg wrtho mor dawel ag y gallwn.

'Mae'r ysgol wedi m-mynd, Motto. Mae hi wedi cwympo'r holl ffordd i lawr i'r llawr. Dwi'n credu'i bod hi wedi t-torri.'

'O na!' Prin y gallai Motto reoli ei lais. 'Pete, mae'n rhaid i ti fy helpu i. Mae'n rhaid i mi ddod i lawr!'

'Sut digwyddodd hynna?'

'Dim syniad. Fe ddringais i fyny – Dduw mawr, roedd ofn arna i. Ro'n i'n tynnu'r caniau o'r bag pan glywais i'r ysgol yn llithro. Dwi ddim yn gwybod beth ddigwyddodd. Arhosais i lle roeddwn i. Am chwarter awr efallai. Yna fe glywais i ti'n dod.'

Y Motto go iawn oedd yn siarad. Dim jôcs, dim chwarae o gwmpas, dim ond bachgen arall oedd ar goll fel fi. Ond roedd e'n fwy pwyllog, felly rhoddais yr unig ateb y gallwn feddwl amdano.

'Fe af i i lawr eto, Motto. Fe af i n-nôl help.'

'Na! Paid â 'ngadael i!'

'Dyna'r unig ffordd.'

'Na!' bloeddiodd eto, gan ddechrau cael nerth i weiddi. Roedd e'n gwrthod symud, ond doedd e ddim eisiau i mi symud chwaith.

Sgrech seiren yn y pellter a wnaeth iddo benderfynu.

'Mae'n rhaid mai'r heddlu sy 'na,' cwynodd. 'Maen nhw'n dod!'

Yn sydyn, fel petai arno fwy o ofn cael ei ddal nag ofn uchder, dechreuodd estyll y sgaffaldau uwch fy mhen ysgwyd. Drwy'r bylchau gallwn weld bod Motto yn ymdrechu i godi ar ei draed er nad oedd yn gollwng ei afael ar y polyn sgaffald roedd yn cydio ynddo. Doedd ei goesau ddim yn edrych yn ddigon cryf i'w gynnal.

'Beth wyt ti'n 'wneud?' gwaeddais.

Atebodd e ddim. Ar ôl codi ar ei draed roedd e wedi symud yn araf at y bwlch yn yr estyll lle roedd yr ysgol wedi bod. Roedd e reit ar ymyl allanol y sgaffaldau, fel na fyddai'r gweithwyr yn camu 'nôl drwy ddamwain a chwympo drwyddo, siŵr o fod. Wrth iddo ei gyrraedd llithrodd i lawr ar ei bedwar eto, ac yna ar ei stumog fel ei fod yn gorwedd yn wastad a bysedd ei draed yn ymestyn at y bwlch.

Gwelais ef yn syllu, fel petai'n edrych allan dros ymyl clogwyn. Ysgydwodd, cau ei lygaid, a thynnu ei ben 'nôl i

134

mewn. Edrychais innau i lawr hefyd wedyn, ar y llwyni a'r holl rwbel y tu fewn i'r ffens. Dechreuais deimlo'n ben-ysgafn. Allwn i ond dychmygu sut roedd Motto'n teimlo.

Yna clywais sŵn gwichian treinyr ar fetel. Edrychais i fyny. Roedd Motto, oedd yn dal ar ei stumog, wedi troi ei hunan o gwmpas. Roedd e'n dal i gydio mewn polyn sgaffald wrth iddo symud am 'nôl er mwyn gwthio ei draed a'i figyrnau drwy'r bwlch yn y planciau lle dylai'r ysgol fod. Roedd e'n dal yn llawer rhy uchel i mi ei gyrraedd.

'Motto! B-bydd yn ofalus!'

Gallwn ei glywed yn anadlu'n llafurus wrth iddo wthio ei goesau allan yn araf. Gallwn weld beth roedd e eisiau ei wneud. Drwy ollwng ei hunan i lawr, gallai roi ei goesau am y polyn sgaffald o dan y planciau a llithro i lawr ataf fel petai e'n llithro i lawr rhaff yn y gampfa. Y drafferth oedd, dim ond rhan o'i goesau roedd e wedi'u gwthio allan ac yna roedd e wedi stopio. Byddai'n rhaid iddo fagu digon o hyder i'w gwthio allan yn ddigon pell fel eu bod yn hongian i lawr.

'Dere 'nôl ymhellach, Motto,' galwais. 'Ond b-bydd yn ofalus.'

'Alla i ddim,' llefodd Motto. 'Fe fydda i'n syrthio.'

Ceisiais ei annog. Trueni i mi wneud hyn, trueni na fuaswn i wedi ceisio dweud wrtho nad oedd ganddo obaith a gwneud iddo fynd 'nôl.

Neu a ydw i'n twyllo fy hunan? Dwi'n credu fy mod i. Fyddai hynny ddim wedi newid dim. Roedd e'n benderfynol. Mater o fod yn ddigon dewr oedd hi. Neu fod rhywbeth yn ei orfodi i wneud.

Wrth glywed gwaedd seiren y car heddlu, yn llawer agosach y tro hwn, dyna ddigwyddodd.

'Maen nhw'n dod,' llefodd.

Dechreuodd symud am 'nôl, yn llawn ofn a braw. Gwelais ei gluniau'n ymddangos, ac yna'n sydyn roedd e'n plygu dros y planciau fel doli glwt ar wely, a'i draed yn chwifio'n wyllt o'r naill ochr i'r llall wrth iddo geisio dod o hyd i'r polyn roedd yn chwilio amdano.

Dyna pryd y llithrodd.

'Motto!'

Hyd yn oed wrth i mi weiddi, rhoddodd e sgrech o ofn. Roedd angen fy help arno ac allwn i mo'i gyrraedd. Gallwn weld ei fod yn ceisio dal ei afael eto drwy ddringo nôl i fyny. Ond dim ond gwneud pethau'n waeth wnaeth hynny. Dechreuodd ei goesau symud yn wyllt – ac allwn i wneud dim i'w helpu.

Y cyfan y gallwn ei wneud oedd gweiddi arno, 'Dal dy afael! Dal dy afael!'... tan i mi glywed y clindarddach yn yr eiliad ofnadwy honno, a'i weld yn colli'i afael.

Cyffyrddais ag ef wrth iddo gwympo.

Gwelais yr olwg frawychus ar ei wyneb, ei geg agored yn sgrechian yn fud, a chyffyrddodd ein bysedd wrth iddo fynd heibio i mi. Yna dyma fe'n syrthio'n ôl, a chwympo drwy'r gwagle.

Trois i ffwrdd, claddu fy wyneb yn fy nwylo, a chlywed yr ergyd drom wrth iddo lanio yn y llwyni islaw.

Allwn i ddim edrych i lawr. Rhuthrais i lawr, gan anwybyddu taran y planciau o dan fy nhraed, gan anwybyddu'r ysgolion wrth iddyn nhw ysgwyd, gan anwybyddu'r seiren wrth iddi ddod yn nes cyn iddi ochneidio'n dawel yn agos atom, gan anwybyddu'r dynion yn dod allan ac yn rhedeg tuag ataf. Cyrhaeddais y lefel isaf.

'Motto!' sgrechiais yn wyllt, gan neidio oddi ar yr ysgol isaf.

Rhedais yn syth i mewn i Shiner.

Gwelais yr olwg ofnadwy ar ei wyneb wrth iddo yntau, yr un eiliad â minnau, sylweddoli pa mor arswydus oedd yr hyn oedd wedi digwydd.

Roedd Motto'n gorwedd ynghanol y llwyni fel seren wedi'i thorri – roedd e'n gorwedd wrth ymyl yr ysgol a fyddai wedi'i achub.

Doedd e ddim yn dweud gair. Doedd e ddim yn symud.

Ac yna roedd Shiner yn plygu drosto, yn crio fel baban, a'r dagrau poeth yn powlio wrth iddo edrych i lawr ar gorff toredig ei fab.

Pennod Pymtheg

Mae Shiner yn rhoi ei ben yn ei ddwylo wrth gofio.

'Shiner' – yr enw dwl roeddwn i wedi'i roi arno ar ôl ei weld y tro cyntaf yn lolfa ei dŷ yn fuan wedi i Motto a minnau ddod i adnabod ein gilydd gyntaf, yn y dyddiau pan oedd yn cael ei alw'n PC Bryan Tomlinson.

Alla i ond dychmygu beth sy'n mynd drwy ei feddwl. Os yw'n rhywbeth yn debyg i mi, mae'n rhyfedd, cyfres o olygfeydd aneglur ond sydd eto'n hollol glir hefyd.

Sŵn camau cyflym; gyrrwr y car patrôl yn cyfarth cyfarwyddiadau i'w radio; rhagor o oleuadau a seirenau wrth i'r ambiwlans gyrraedd; Motto'n cael ei osod mewn rhyw fath o swigen cyn cael ei roi ar stretsier yn ofalus tu hwnt ac yna'n cael ei yrru i ffwrdd: dyna'r rhannau aneglur.

Ond sut roedd Motto'n edrych, yn gorwedd yno – dyna'r rhan hollol glir. Er i mi drio fy ngorau glas, dwi'n methu cael y rhan honno i droi'n aneglur.

'Fe ffoniodd rhywun yr Uned a dweud bod dau fachgen ar y sgaffaldau. Fi oedd yno i gymryd yr alwad.'

Mae Shiner yn sychu cefn ei law dros ei lygaid. 'Dyna stori 'mywyd i. Bob amser yno i gymryd yr alwad, fi yw hwnnw. Gwaith yn gyntaf, popeth arall yn olaf.' Mae e'n cywiro ei hun. 'Pawb arall yn olaf, ddylwn i ei ddweud. Gan gynnwys fy mhlant fy hunan.'

'Roedd Motto eisiau g-gweld mwy arnoch chi. Roedd y ddau ohonyn nhw eisiau. Fe a L-Lorna.'

'Dwi'n gwybod hynny nawr. Pan ddwedaist ti ei fod e eisiau ymuno â'r criw 'na... i gael bod mewn teulu...'

Mae e'n codi, yn cerdded i ffwrdd am eiliad, yn syllu'n fud drwy'r ffenest. Mae sôn am y teulu wedi effeithio arno.

Mae e wedi effeithio arnaf i hefyd.

*Wrth iddo ddod 'nôl i eistedd gyferbyn â mi eto dwi'n meddwl am fy nheulu i. Mam **a** Dad.*

Dwi'n edrych draw i'r ochr. Mae Mam yn llonydd fel cerflun, yn syllu'n syth o'i blaen.

Ydy hi'n meddwl am yr hyn wnaeth hi, tybed?

Am yr hyn wnaeth hi yn enw Dad?

Maen nhw'n fy rhoi yng nghefn y car patrôl. Oddi yno gwelais yr ambiwlans yn cyrraedd a Motto'n cael ei symud iddo fel petai'n ddarn o borslen. Gwelais Shiner yn mynd gyda fe.

Doedd y daith ddim yn hir i mi. Yna allan, dringo cwpwl o risiau, ac i mewn i ystafell gyfweld ddiflas yn yr orsaf heddlu. Roedd Mam wedi cael ei galw. Roedd hi yno'n barod, a'i llygaid yn goch fel petai hi wedi bod yn crio am dipyn. Clywais ambell air wrth i'r plismon oedd gyda fi siarad â hi.

'Fandal graffiti. A'i ffrind. Cwympo. Gofal dwys.'

Yna roedd yn rhaid i mi eistedd wrth fwrdd, Mam wrth fy ochr, y plismon gyferbyn, i fynd drwy beth oedd wedi digwydd.

Wedyn, cafodd Mam fy ngyrru i adref. Eisteddon ni'n dawel yr holl ffordd. Pan gyrhaeddon ni yno dyma hi'n fy arwain i'r lolfa fach lle ffoniodd hi'r ysbyty. Wrth iddi roi'r ffôn i lawr roeddwn i'n ofni'r gwaethaf.

'M-Motto. Dyw e ddim...'

'Wedi marw? Nac ydy. Ond mae ei benglog wedi'i dorri ac mae ganddo anafiadau mewnol. Os bydd e byw mae posib y bydd niwed ar ei ymennydd e. Ar hyn o bryd mae e mewn coma.'

Yn sydyn aeth hi'n wyllt cacwn. 'Beth oeddet ti'n ei wneud 'na? Dwed wrtha i!'

Mae'n union fel petai hi heb ddeall beth roeddwn wedi'i ddweud yn yr orsaf heddlu. Felly dyma fi'n mynd drwy'r cyfan eto, yn gryno ac yn fanwl – y paentio, y tagio, y celwydd roeddwn wedi'i ddweud wrthi. Popeth. Wedyn eisteddon ni yno'n dawel am ychydig.

Yna, yn sydyn, cododd ar ei thraed. 'Dere gyda fi.'

Dilynais hi allan drwy ddrws y cefn ac i lawr i'r garej. Daeth sŵn hymian wrth i'r golau gael ei gynnau, ac i mewn â ni.

Roedd fy sach gefn – y sach gefn roeddwn wedi'i defnyddio yn y depo bysiau gyda Motto – yn union y tu ôl i'r drws.

'Ti biau hon, ynte?' meddai, gan ei chodi. 'Wnest ti mo'i chuddio hi'n dda iawn. Fe gymerodd hi tua dwy funud i mi ddod o hyd iddi ar ôl i'r heddlu ffonio.'

Nodiais. Doedd dim pwynt gwadu'r peth. 'Ro'n i'n mynd i fynd gyda Motto i ymosod ar yr ysgol. O-ond fe newidiais i fy meddwl. Ro'n i eisiau ei berswadio i beidio.'

Agorodd y sach gefn a chodi un o'r caniau chwistrellu allan ohoni. 'Pam ddylwn i dy gredu di, Peter?'

'Mae'n wir!'

Bron yn ddifeddwl, tynnodd y clawr oddi ar y can, a'i droi o gwmpas yn ei dwylo wrth iddi siarad.

'Roedd dy dad yn casáu pobl fel ti, ti'n gwybod hynny?'

Edrychais arni, heb ddeall.

'Fe fyddai e'n dod adref ar ôl gyrru trên roedd pobl fel ti wedi ymosod arno ac fe fyddai dagrau yn ei lygaid oherwydd bod y cyfan mor dwp. Achos dyna beth yw e, Peter. Twp a dinistriol. Petai e yma fe fyddai e wedi dweud hynny wrthot ti.'

Roedd hi fel petai wedi rhoi halen mewn briw agored. 'Wel dyw e ddim yma, ydy e!' gwaeddais.

Unwaith eto, yn union fel y tro olaf roedden ni wedi dadlau, dechreuodd siarad fel Dad, yn araf ac yn dawel.

'Na, dyw e ddim. Ond dwi yma. A dwi'n dweud wrthot ti beth fyddai e wedi'i ddweud wrthot ti. Bod yn rhaid rhoi stop ar bobl fel ti.'

Calliais wrth glywed ei geiriau. 'Dwi wedi stopio, Mam. Dwi wedi g-gorffen. Mae'n rhaid i ti fy nghredu i.'

'Fe hoffwn i dy gredu di, Peter. Fel y ceisiais i dy gredu di pan roddaist ti addewid nad oeddet ti'n gwneud dim â graffiti. Ond – dwi ddim yn credu y galla i.'

Roedd ei mynegfys yn symud yn ysgafn ar y botwm gwyn ar ben y can chwistrellu. 'Y drafferth yw, does dim llawer y galla i ei wneud os wyt ti'n penderfynu dechrau eto. Heblaw am...'

Oedodd, yna edrychodd yn syth i'm llygaid fel fy mod i'n deall yn hollol yr hyn roedd hi wedi penderfynu'i ddweud.

'...heblaw am roi gwers i ti i ddangos sut mae rhai'n gorfod dioddef y pethau mae pobl fel ti'n eu gwneud.'

Ac yna'n araf, yn fwriadol, anelodd y can chwistrellu i lawr ar y trenau.

Roeddwn i fel petawn i mewn breuddwyd ofnadwy. Clyw-ais hisian y chwistrell. Gwelais fflach o baent yn tasgu dros y platfform tanddaearol roeddwn i wedi bod yn gweithio arno ers cymaint o amser. Allwn i ddim credu bod y peth yn digwydd.

Dim ond wedyn, wrth iddi ddechrau cyflymu, a chwistrellu bwa mawr a aeth dros yr adeiladau a'r trac roedd Dad wedi treulio blynyddoedd yn eu gwneud, y sylweddolais o'r diwedd beth roedd hi'n ei wneud.

'Paid!'

Chymerodd hi ddim sylw. Daliodd ati i chwistrellu paent dros y cyfan, yn gynt ac yn gynt, gan wneud cylchoedd, llinellau igam-ogam, siapiau.

'Paid! Paid!'

Roeddwn i'n sgrechian erbyn hynny. Plygais draw i geisio cipio'r can oddi wrthi, ond cadwodd fi draw wrth iddi ddal ati i chwistrellu paent dros y pethau roedd Dad a minnau wedi ymroi i'w gwneud nhw am gymaint o amser.

Gwaeddais. Sgrechiais. Ond yn ofer.

Daliodd hi ati, gan roi llinellau o baent dros yr holl lyth-rennu a'r marcio roeddwn i wedi'i wneud. Ceisiais dynnu'r can oddi wrthi dro ar ôl tro, a hisian y can chwistrellu yn atsain yn fy nghlustiau fel cur pen. Yn y diwedd, y cyfan y gallwn ei wneud oedd gadael iddi a chwympo i'r llawr, yn beichio crio.

O'r diwedd roedd y can yn wag. Daeth hi ataf wedyn, a phlygu wrth fy ochr.

'Pam? Pam?' Sgrechiais y geiriau. Prin y gallwn adnabod fy llais fy hunan, roedd yn llawn poen. 'Pam roedd yn rhaid i ti wneud 'na?'

Atebodd yn araf, fel petai hi'n cael trafferth dweud y geiriau. 'Fel dy fod ti'n gwybod nawr.'

Edrychais i fyny arni wedyn, gan ei chasáu.

Cododd ar ei thraed, a'i hysgwyddau'n isel wrth iddi adael i'r can syrthio o'i bysedd a glanio'n swnllyd ar y llawr concrit. Dim ond wedyn y sylwais ar y dagrau oedd yn rhedeg i lawr ei bochau.

Yn araf cerddodd draw at y wal lle roedd ffotograff Dad yn araf golli ei liw.

'Mae'n ddrwg gen i, cariad,' sibrydodd. 'Mae'n wir ddrwg gen i.'

Ac yna dechreuodd hi grio fel baban.

Mae Shiner yn eistedd i lawr gyferbyn â mi eto. Mae e'n edrych ar Mam, yna 'nôl arna i. Rydyn ni i gyd yn teimlo'r peth, siŵr o fod. Dyw bod yn onest ddim yn hwyl.

Ond mae rhagor i ddod, rydyn ni'n dau'n gwybod hynny. Ddaeth y stori ddim i ben gyda Motto.

'Wnaethoch chi mo fy nghredu, naddo?' meddaf. 'Pan dd-ddwedais i wrthoch chi mai dim ond mynd 'na i geisio perswadio Motto i beidio wnes i.'

'Naddo. Fyddet ti wedi gwneud?'

Dwi'n codi fy ysgwyddau. 'Mae'n debyg na fyddwn i. Ond fe dd-ddwedais i pam wrthoch chi. Fe ddwedais i wrthoch chi am griw SUN, pwy oedden nhw. W-wnaeth hynny ddim gwahaniaeth?'

Mae'n agor y ffolder eto, yn edrych dros y nodiadau, ac yn nodio. 'Roedd hynny'n help. Fe anfonon ni dditectif i mewn i gael sgwrs â Mr Stowell. Dyna pryd soniodd e am fusnes y graffiti ar y llyfr.'

'Terry Qu-Quarm? T-E-L?'

'Ie. Felly fe ddwedon ni pwy roedden ni'n meddwl oedden nhw a gofyn iddo ddweud wrthon ni petai e'n digwydd gweld neu glywed rhywbeth.'

'Ond aethoch chi dd-ddim ar ôl criw SUN?'

'Ddim yn syth, naddo,' medd Shiner. 'Hyd yn oed os mai nhw oedd y tu ôl i'r hyn ddigwyddodd yn yr ysgol, doedd dim i'w cysylltu nhw â'r peth. Beth bynnag, roedd hi'n well gen i wneud iddyn nhw feddwl nad oedden ni'n eu hamau nhw.'

'D-doeddwn i ddim yn g-gwybod hynny.'

Am y tro cyntaf, dwi'n gweld hanner gwên ar ei wyneb. 'Nawr dwi **yn** credu hynny.'

Y peth cyntaf fore dydd Llun cefais fy ngwahardd o'r ysgol. Dim syndod, mae'n debyg, o ystyried y ffeithiau. Byddai'r ffaith fy mod wedi cyfaddef bod ar y sgaffaldau gyda Motto wedi bod yn ddigon. Ond ar ben hynny doedd dim modd gwadu'r ffaith ei fod e wedi bwriadu tagio ffenestri'r ysgol, felly dyna ni. Allai Mam ddim dadlau â'r penderfyniad, a wnaeth hi ddim.

Aeth rhai diwrnodau heibio. Siaradon ni ddim llawer â'n gilydd. Aeth Mam i'r gwaith a dod 'nôl adref fel arfer ond, doedd dim ots faint o'r gloch y byddai hi'n dod adref, byddai hi bob amser yn ffonio'r ysbyty'n syth.

'Dim newid,' byddai hi'n dweud yn ddiflas. 'Mae e'n dal yn sâl iawn. Mae e'n dal mewn coma.'

O'm rhan fy hun, gorfodais fy hunan i fynd allan i'r garej i weld y difrod roedd hi wedi'i wneud i'r cynllun trenau. Wrth syllu arno, teimlais yn fwy cynddeiriog. Yn gynddeiriog wrthyf fy hunan. Yn gynddeiriog, mor gynddeiriog, wrthi hi. Yn gynddeiriog wrth Motto am gwympo, hyd yn oed.

Dro ar ôl tro, es drwy'r ddamwain yn fy meddwl, gan droi'r cloc yn ôl yr unig ffordd oedd yn bosibl, gan feddwl tybed sut byddai pethau nawr petai hi wedi bod yn bosib i mi fod wedi gwneud rhagor i'w helpu.

Petai, petai, petai...

Roeddwn i wedi teimlo fel petawn yn rhan ddyfnaf y twnnel o'r blaen, ond doedd hynny'n ddim o'i gymharu â'r ffordd roeddwn i'n teimlo nawr.

Roeddwn i'n teimlo fy mod wedi colli popeth.

Dad.

Motto.

Mam, hyd yn oed, ar ôl popeth oedd wedi digwydd.

Teimlais y dicter yn llosgi ynof ac wrth i mi gicio'r llawr yn wyllt, sylwais ar ddarn du o ddefnydd yn hedfan. Wrth iddo lanio sylweddolais beth oedd e: y masg sgïo du roedd Motto wedi'i ddwyn. Rhaid ei fod wedi cwympo allan o'm poced wrth i mi grio ar y llawr pan oedd Mam yn chwistrellu dros bopeth.

Codais y masg a'i droi yn fy nwylo wrth i mi edrych ar y cynllun set trenau oedd wedi'i ddifrodi – roedd e wedi'i ddinistrio, yn union fel bywyd Motto.

Wrth i'r dicter ffrwtian y tu mewn i mi, edrychais i lawr ar y masg sgïo yn fy nwylo. Rhaid fy mod wedi syllu ar y masg am dros bum munud, yn ceisio gweithio allan beth oedd ystyr y peth.

O'r diwedd stopiodd y peiriant ffrwythau ar ôl bod yn chwyrlïo. Cliciodd y darnau i gyd i'w lle. Ac, am unwaith, cefais res o ffrwythau roeddwn i'n gallu ei deall.

A'r eiliad honno, gwyddwn beth roedd yn rhaid i mi ei wneud.

Roedd yn rhaid i mi ddial.

*

Chymerodd hi ddim llawer i mi sylweddoli nad oedd Shiner a'i bobl wedi dal criw SUN. Doedden nhw ddim yn amau bod neb ar eu holau nhw.

Cuddiais ger y cwt yn y parc, a gweld Karl Anstice a Terry Quarm yn pigo'r clo ac yn mynd i mewn. Cyn hir, cyrhaeddodd Colin Upton ac ymuno â nhw.

Tri wedi cyrraedd, dau i fynd.

Camais 'nôl i'r coed wrth i Aaron Byrne gyrraedd ddeng munud yn ddiweddarach. Curo sydyn ar y drws, ambell un yn gweiddi croeso, ac i mewn ag ef.

Un i fynd.

Daliais i aros ac edrych ar fy wats. Allwn i ddim fforddio aros rhagor. Brysiais draw at y cwt a rhoi fy nghlust wrth y drws, clywed chwerthin, ac yna sŵn y pedwar ohonynt yn symud draw tuag at y drws.

Agorais y drws a chamu i mewn.

Roeddwn i wedi llwyddo i'w synnu nhw, fel roeddwn wedi gobeithio. Roeddwn i'n amau y bydden nhw'n ymosod arnaf ac yn gofyn cwestiynau wedyn, felly roeddwn wedi paratoi'n union beth roeddwn i'n mynd i'w ddweud.

'Mae gen i gynnig i'w wneud i chi. Ymosodiad.'

Edrychon nhw ar ei gilydd, yn amheus braidd, heb wybod yn iawn beth i'w feddwl. Daliais i siarad.

146

'Dwi eisiau gwneud hyn er mwyn M-Motto,' poerais. 'Eu taro nhw er ei fwyn e. Y-Ymosod arnyn nhw drosto fe.'

Edrychodd pawb ar ei gilydd eto, ond yn llai amheus y tro hwn wrth iddyn nhw weld fy mod i ar fy mhen fy hun. Dechreuodd gwên ymledu dros wyneb Terry Quarm. Gwelodd y lleill hyn a gwenu hefyd.

Karl Anstice siaradodd yn gyntaf, yn llawn gwawd. 'Cer i grafu, fachgen bach.'

'Aros i glywed popeth.'

'Beth? Rwyt ti'n berygl bywyd. Mae Motto yn yr ysbyty o dy achos di.'

Symudodd Aaron Byrne tuag ataf, gan gopïo Karl Anstice. 'Dy'n ni ddim eisiau neb sy'n berygl bywyd yn ein criw ni, fachgen bach.'

'Gwrandewch!' ymbiliais. 'Does neb wedi y-ymosod o'r blaen ar y man dwi'n meddwl amdano. Neb.'

'Mae digon o fannau dydyn ni ddim wedi ymosod arnyn nhw,' meddai Karl Anstice. 'Mae hi'n dref fawr. Ond fyddwn ni ddim yn hir cyn gwneud hynny.'

Gwenodd ar y lleill, a phawb yn gwenu 'nôl arno, pawb yn meddwl bod y peth yn ddoniol. Roedd yn rhaid i mi eu cael nhw i 'nghymryd i o ddifrif. Roedd hyn yn beryglus.

'Dwi'n meddwl bod rh-rheswm arall pam dy'ch chi ddim wedi ymosod ar y man dwi'n meddwl amdano.'

Edrychodd Terry Quarm yn fwy manwl arnaf. 'Beth yw'r rheswm?'

'Ry'ch chi'n ormod o gachwrs.'

Roeddwn i wedi'u taro mewn man gwan. Caeodd Terry Quarm ei ddyrnau. Gwgodd Colin Upton ac Aaron Byrne. Dim ond Karl Anstice oedd yn dal i wenu, neu'n ceisio dal i wenu. Sylwais ar un o'r cyhyrau ar ochr ei wddf yn plycio wrth iddo ddweud, 'Dwi ddim yn credu dy fod ti o ddifrif, P-Pete.'

'Ydw,' meddwn i. 'Dwi'n meddwl nad ydych chi wedi taro'r lle 'ma achos ei fod e'n ormod i chi.'

'Pa le?' meddai Terry Quarm yn swta. 'Am ba le rwyt ti'n sôn?'

Roeddwn i wedi'u dal nhw. Wedi dal eu sylw. Syllais ar y naill a'r llall cyn ateb.

'Seidins Ripple Lane,' meddwn i o'r diwedd.

Rhagor o edrych ar ei gilydd, y tro hwn gydag ambell ebychiad o syndod – ac ofn. Arwydd sicr eu bod nhw'n gweld y lle yn eu meddyliau.

Roeddwn i wedi cael y syniad yn y garej, wrth i mi droi'r masg sgïo yn fy nwylo ac edrych dros y trenau bach oedd yn baent i gyd. Roedd Seidins Ripple Lane yn rhan o'r cynllun, y rhan anoddaf i Dad ei chael yn iawn.

Maen nhw hanner cilomedr i'r dwyrain o Orsaf Longbridge, lle mae'r rheilffordd sydd wedi'i thrydanu'n ymrannu'n fysedd fel llaw sgerbwd. Mae trenau tanddaearol o ddinas Llundain yn gallu cael eu parcio yno dros nos, gan arbed taith i orsaf derminws Upminster, sy'n hanner awr o leiaf. Roedd digon o le yn Seidins Ripple Lane ar gyfer o leiaf deg trên chwe cherbyd.

'Ry'n ni wedi taro trenau o'r blaen,' gwawdiodd Karl Anstice.

Roeddwn wedi paratoi fy nadl. 'Y tu mewn, siŵr iawn. Yn hwyr y nos, cerbydau gwag lle all n-neb eich gweld chi. Dwi'n sôn am d-dagio'r tu allan.'

'Ry'n ni wedi t-tagio'r tu allan,' meddai Aaron Byrne, gan fy nynwared eto.

'Tagiau cyflym pan fydd y trên yn tynnu i mewn i'r orsaf,' meddwn i, gan wneud fy ngorau i wneud i'r cyfan swnio'n ddibwys. 'Dwi'n sôn am rywbeth hollol wahanol. Dwi'n sôn am ymosodiad go iawn. Fel yn y depo bysiau. Mae angen amser a lle i wneud rhywbeth fel 'na.'

Saib. 'Dwed ragor,' meddai Karl Anstice. Roedd y cyhyr yn dal i blycio.

'Mae hynny'n golygu eu taro nhw yn y nos, tra byddan nhw yn y s-seidins. Fe allai fod deg trên 'na, yn hawdd.'

'Beth am ddiogelwch?' meddai Terry Quarm. 'Dy'n ni ddim yn dwp. Dim ond twpsod sy'n cerdded i mewn i fannau sydd wedi'u diogelu.'

Mae e'n edrych am ffordd allan, dwi'n siŵr o hynny. Dyna pryd dwi'n eu taro nhw â'r ddadl dwi'n gobeithio na allan nhw ei churo.

'Wrth gwrs bod diogelwch,' gwawdiais. 'Ond dwi'n gwybod sut i'w guro fe. A-achos dwi'n gwybod popeth sydd i'w wybod am y lle 'na, on'd ydw i?'

Trodd Aaron Byrne at y lleill. 'Roedd ei dad yn arfer gweithio 'na. Fel gyrrwr trên.'

Edrychodd Karl Anstice arno'n gas. 'Da iawn,' meddai'n llawn coegni. 'Da iawn, ZIP. Dwed rywbeth newydd wrthon ni, wnei di?'

ZIP, un o dagiau unigol y criw. Rhaid mai tag Aaron Byrne yw e.

'Gofynnwch i fi,' meddwn i. 'Fe alla i ddweud popeth dy'ch chi ddim yn ei wybod wrthoch chi. Hynny yw, os ydych chi eisiau gwybod.'

Unwaith eto, maen nhw'n edrych ar ei gilydd, yn grac, braidd. Dydyn nhw ddim yn ffansïo'r peth, mae'n amlwg. Ond mae Terry Quarm, o leiaf, yn ceisio peidio â dangos hynny.

'Beth am gamerâu?' gofynnodd. 'Mae camerâu gyda nhw, on'd oes e?'

'Dim ond yn y pen lle mae'r orsaf. Dy'n nhw ddim wedi eu rhoi nhw yn y pen pellaf eto. Fe allen ni ddod o'r c-cyfeiriad 'na a fydden nhw byth yn ein gweld ni.'

Maen nhw'n edrych ar ei gilydd nawr, yn ansicr.

'Fe alla i eich arwain chi i mewn,' meddwn i wedyn. 'Fe alla i r-roi popeth i chi: cynlluniau, diagramau, popeth. Popeth ond un peth. Alla i ddim rhoi'r dewrder i chi.'

Dwi'n awgrymu eto eu bod nhw'n 'gachwrs'. Y tro hwn mae'n rhaid i mi aros am ateb wrth i'r tri arall edrych ar Karl Anstice. Dwi'n sylweddoli wedyn mai fe, o'r pedwar ohonyn nhw, yw'r un sy'n rheoli pethau.

Ac mae e'n poeni. Mae'r cyhyr yn plycio. Mae diferyn o chwys yn dod yn amlwg ar ei dalcen.

'Wyt ti'n dweud fod arnon ni ormod o ofn?' meddai o'r diwedd.

'Does dim rhaid i mi ei ddweud e. Os ydych chi'n ddigon dewr, fe wnewch chi fe.'

Rhoddodd Aaron Byrne chwerthiniad bach. 'Beth yw'r broblem, fechgyn? Maen nhw'n diffodd y trydan yn y nos, on'd ydyn nhw?'

Dwi'n chwerthin arno. 'Wrth gwrs nad y-ydyn nhw. Dyna pam mae eisiau bod yn ddewr!'

Mae e'n cadw ei lygaid arnaf wrth i mi fynd yn fy mlaen. Dwi ddim yn gwybod o ble mae'r geiriau'n dod, ond dwi'n siarad fel na wnes i erioed o'r blaen. Dwi'n eu herio nhw, yn eu profi nhw.

'Os sefwch chi ar drac trydan byw, fe gewch chi chwe chant tri deg folt yn m-mynd trwoch chi. Dyna faint sydd eisiau i b-bweru trên. Os cewch chi ergyd fel 'na, mae hi ar ben arnoch chi. Fe fydd eich calon chi'n stopio'n syth. Neu, os dych chi'n anlwcus, ychydig yn hirach na hynny. Yn ddigon hir i chi wybod beth sy'n digwydd. Efallai'n ddigon hir i chi arogli eich hunan yn ll-llosgi.'

Dwi'n troi 'nôl at Karl Anstice, gan syllu arno wrth i'r tri arall aros. Dyna pryd y gofynnodd e'r cwestiwn roeddwn wedi bod yn ei ddisgwyl drwy'r amser.

'Pam? Pam rwyt ti eisiau ei wneud e?'

'Pam rwyt ti'n meddwl?' meddwn i'n swta. 'I dalu'r pwyth 'nôl. Fe aethon nhw â 'nhad oddi w-wrtha i. Dwi'n eu casáu nhw. Beth sydd g-gen i i'w golli?'

Cyn iddo gael cyfle i ateb, dyma fi'n taro'r ergyd olaf. Edrychais o gwmpas arnyn nhw i gyd, ond â Karl Anstice roeddwn i'n siarad. 'Felly, ydych chi'n barod? Neu ydw i'n eu t-targedu nhw ar fy mhen fy hun a rhoi gwybod i bawb fod c-criw SUN yn ormod o gachwrs i ddod gyda fi?'

Oedodd Karl Anstice. 'Pryd?'

Atebais ar unwaith. Roeddwn i wedi cynllunio'r cyfan. Efallai mai lwc oedd hyn, efallai ddim, ond am unwaith teimlais fel petai'r peiriant ffrwythau wedi rhoi cyfuniad buddugol i mi.

'Nos Sul,' meddwn. 'Dyna pryd mae'r s-seidins yn llawn, yn barod at fore dydd Llun. Fe allwn ni d-daro'r cyfan, deg o leiaf, efallai rhagor.'

Un saib arall. Un fflach o amheuaeth. Yna roedd Karl
Anstice wedi penderfynu.

'Ble?' meddai.

'Dewch i Ripple Lane i gwrdd â fi. O dan y bont droed.
Am hanner nos.'

Edrychodd Karl Anstice arnaf wedyn, a'i wefusau'n troi'n
wên galed. 'Fe fyddwn ni 'na, P-P-Pete. Y pump ohonon ni.'

Pennod Un ar Bymtheg

Roedd yn rhaid i mi gael popeth yn barod.

Allan yn y garej astudiais y cynllun oedd wedi'i ddinistrio, gan roi'r cyfan ar fy nghof. Erbyn dydd Sul roeddwn i'n gwybod lle roedd pob cebl yn rhedeg, lle roedd pob blwch cyswllt, pob signal, pob un o'r llifoleuadau.

Yn bwysicach na dim, roeddwn i'n adnabod pob modfedd o'r trac. Y ddwy brif reilffordd oedd yn mynd i fyny ac i lawr, ochr yn ochr â'i gilydd, a'r systemau pŵer fry uwch eu pennau. Nesaf atynt roedd y rheilffyrdd tanddaearol wedi'u trydanu, yr un i Upminster nesaf at y prif reilffyrdd, a'r un i lawr am Longbridge a'r Ddinas yn y pen pellaf. A, rhwng y ddwy reilffordd oedd wedi'u trydanu, drysfa o bwyntiau a darnau o drac, sef Seidins Ripple Lane.

Tynnais lun y rhain dro ar ôl tro hyd nes y gallwn wneud hynny'n awtomatig, a chofio'n union sut ac i ble roedd y bysedd o drac yn ymffurfio ac yn rhedeg.

Gallwn weld o'r model yn union i ble y byddwn yn eu harwain. Roedd y bont droed lle roeddwn wedi dweud wrthyn nhw am gwrdd yn croesi'r rheilffordd y tu cefn i Ysbyty Longbridge, y tu hwnt i ffin ddwyreiniol y seidins. Yno, fel roedd cynllun Dad yn dangos, dim ond wal frics isel oedd rhwng y palmant a'r arglawdd serth oedd yn arwain i lawr tua'r traciau. Ar ôl mynd dros y wal fach honno, doedd dim ond angen cerdded am bedwar can metr ar hyd trac y brif reilffordd i'r seidins eu hunain.

Ac yno, byddwn i'n talu'r pwyth 'nôl.

Am y canfed tro, trois y masg sgïo yn fy nwylo. Unwaith eto gwelais fy hunan yn ei godi o'r man lle gwelais ef gyntaf, i lawr wrth waelod y sgaffaldau, gyda Motto'n crynu gan arswyd fry uwchben.

Y masg sgïo roedd Motto wedi'i ddwyn – neu felly roeddwn wedi meddwl tan i mi ei gicio yn y garej ac edrych arno eto.

Tan i mi edrych arno'n iawn, a gweld nad dyna'r masg roedd Motto wedi'i ddwyn o gwbl. Allai e byth â bod.

Oherwydd ar gefn y masg hwn roedd symbol wedi cael ei farcio'n amlwg.

Alffa.

'Rwyt ti'n awgrymu bod un ohonyn nhw yno gyda fe?' medd Shiner yn syn. 'Ar y sgaffaldau 'na?'

'D-dyna'r unig eglurhad.'

Dwi'n ymdrechu i resymu'r peth eto, gan osod y rhes lwyddiannus yr oeddwn i'n credu roedd y peiriant ffrwythau wedi'i rhoi i mi...

— Bod dod o hyd i'r masg yn golygu bod rhywun — Alffa yn sicr, efallai pob un o griw SUN — wedi bod yno yn yr ysgol heb i Motto wybod.

— Bod yn rhaid eu bod nhw wedi aros iddo gyrraedd pen y sgaffaldau, ac yna'u bod nhw wedi dringo y tu ôl iddo a thaflu'r ysgol.

— A bod yn rhaid bod y masg sgïo wedi cael ei ollwng wrth iddyn nhw redeg i ffwrdd.

Cyn i mi orffen mae Shiner yn ysgwyd ei ben, a'i ddyrnau wedi'u cau. 'Pam? Pam?'

Rhan o'r frwydr am diriogaeth? Eisiau rhoi prawf caletach i Motto? Doeddwn i ddim yn gwybod. Ond roeddwn i wedi cael fy argyhoeddi mai nhw oedd ar fai am beth ddigwyddodd i Motto.

'Y b-broblem oedd na allwn i brofi'r peth. Dyna pam...' Mae Shiner yn gorffen y frawddeg drosof. 'Pam y perswadiaist ti nhw i ddifrodi'r seidins? Pete, beth yn y byd wnaeth i ti benderfynu gwneud hynny?'

'Fe achoson nhw niwed i Motto. Ro'n i eisiau iddyn nhw gael eu dal.'

'Achos ro't ti'n meddwl nad oedden ni ar eu holau nhw?'

'O'n. Dyna pam wnes i fe. Ro'n i eisiau iddyn nhw gael eu dal. Dyna beth d-dries i ddweud wrthoch chi...'

Roedd hi tua wyth o'r gloch ar y nos Sul pan ffoniais i. Gwnes i hyn o flwch ffonio, a'm bysedd yn ysgwyd yn nerfus wrth i mi wasgu botymau'r rhif. Roedd y llais a atebodd yn glir ac yn bwyllog.

'Diolch am alw'r Uned Gwrth-Graffiti...'

'Helo. Dwi eisiau siarad â'r Ditectif Arolygydd Tomli—' Caeais fy ngheg wrth i'r llais fy anwybyddu a dal ati i siarad.

'...Mae hi'n ddrwg gennym, ond does neb yma i gymryd eich galwad ar hyn o bryd. Gadewch ba bynnag wybodaeth sydd gennych. Does dim rhaid i chi adael eich enw a'ch rhif ffôn, ond os gwnewch chi, gallwn ni eich ffonio chi 'nôl. Siaradwch ar ôl y sain.'

Peiriant ateb!

Doeddwn i ddim wedi meddwl am funud mai peiriant ateb fyddai yno. Ond o feddwl am y peth, roedd hi'n amlwg. Roedd hi'n nos Sul a doedd yr Uned Gwrth-Graffiti ddim yn debygol o fod ar ddyletswydd bedair awr ar hugain y dydd.

Daeth tôn uchel dros y ffôn. Dechreuais siarad, er bod hanner fy meddwl yn ceisio dyfalu beth ddylwn ei wneud.

'Mae criw yn mynd i baentio Seidins Ripple Lane. Heno am hanner nos...'

Ddwedais i ddim rhagor, oherwydd dyna pryd feddyliais i am yr ateb amlwg. Byddai'n rhaid i mi fynd i weld Shiner ei hunan.

Roeddwn eisiau siarad ag ef dros y ffôn, ac nid wyneb yn wyneb. Roeddwn i'n meddwl y byddai e naill ai'n gwrthod fy nghredu neu y byddai e'n ceisio fy mherswadio i roi'r gorau i'r cynllun. Ond roeddwn i'n benderfynol. Roeddwn eisiau i griw SUN gael eu dal tra eu bod wrthi'n chwistrellu graffiti. Wedyn fyddai neb yn amau dim. Drwy ddweud wrth Shiner beth fyddai'n digwydd dros y ffôn, roeddwn i'n meddwl na fyddai dewis ganddo ond bod yno. Nawr byddai'n rhaid i mi fynd i'w berswadio i'w dal nhw.

Allan â fi o'r blwch ffôn, a rhedeg yr holl ffordd i'w dŷ. Ond, pan ganais y gloch, Lorna atebodd y drws.

'Beth wyt ti eisiau?'

'Dy dad. Mae'n rh-rhaid i mi siarad ag e.'

'Wel, yn anlwcus i ti, dyw e ddim 'ma. Mae e yn yr ysbyty.'

Yn eistedd gyda Motto. Wrth gwrs. Roedd Mam wedi siarad ag e sawl tro pan oedd hi wedi ffonio ward yr ysbyty i gael gwybod a oedd unrhyw newid yng nghyflwr Motto.

'Pryd bydd e 'nôl?' gofynnais.

Cododd Lorna ei hysgwyddau. 'Hanner awr wedi un ar ddeg, siŵr o fod. Dyna pryd mae e 'nôl fel arfer. Ers i'r peth ddigwydd mae e wedi bod yn eistedd 'na drwy'r amser, rhag ofn...' Arhosodd, a'i gwefusau'n tynhau. 'Trueni na feddyliodd e am hynny o'r blaen.'

Hanner awr wedi un ar ddeg. Byddai hynny'n rhy hwyr. Petawn i'n aros tan hynny fyddwn i ddim wrth y bont droed mewn pryd.

'Pam fyddai e eisiau siarad â ti, beth bynnag?' gofynnodd Lorna.

Ymdrechais i ddweud y geiriau. 'A-achos mae gen i rywbeth i'w ddweud wrtho fe. A-am M-Motto.'

Edrychodd hi arnaf fel roedd hi'n arfer gwneud. Yn ddiamynedd ac yn llawn trueni, fel petai hi'n siarad â ffŵl. 'Beth amdano fe?' ochneidiodd.

Doedd gen i ddim dewis. Roedd yn rhaid i mi ddweud wrthi. Yr eiliad honno dim ond hi allai helpu. Gwnes ymdrech enfawr i reoli fy llais.

'D-dweud wrtho am yr ysgol. Nid drwy ddamwain y cafodd hi ei symud. Roedd rhywun arall yno. Un o griw S-SUN.'

Edrychodd hi arnaf, yn gwrthod fy nghredu. 'Dwyt ti ddim yn gall. Rwyt ti'n hollol wallgof.'

'Dwi ddim. Maen nhw'n m-mynd i daro Seidins Ripple Lane heno! Fe fydda i 'na gyda nhw. L-Lorna, mae'n rhaid i ti ddweud hynna wrth dy dad.'

Syllodd hi arna i wedyn, fel petai hi'n ceisio darllen fy meddwl. Yn araf, nodiodd. 'O'r gorau, fe ddweda i wrtho fe.'

'Mae'n rhaid iddo fe drefnu i ddynion aros amdanyn nhw. Dwed wrtho fe 'mod i'n mynd i'w harwain nhw i ran N-Norfolk Road. Dyna'r rhan bellaf oddi wrth y llinellau wedi'u trydanu. Mae'n rh-rhaid iddyn nhw eu dal nhw fan 'na, cyn i neb fynd yn agos at ddarn o'r trac rheilffordd byw.'

Roedd hi'n edrych fel petai hi eisiau gwybod rhagor, ond roeddwn i'n cerdded 'nôl ar hyd y llwybr yn barod. 'Dwed wrtho fe, Lorna!'

'Ocê, ocê, fe ddweda i wrtho fe.'

Roedd hi'n bum munud i hanner nos pan gyrhaeddais i'r bont droed. Roedd tri ohonyn nhw yno'n barod, yn sefyll yn y cylch o olau pŵl oedd yn cael ei daflu gan un lamp stryd.

Terry Quarm – tag 'Tel'; Colin Upton – tag 'HI2U'; Aaron Byrne – tag 'ZIP'.

Roedd pob un ohonynt yn gwisgo iwnifform y criw – siwmper ddu a jîns llac. Roedd sachau ar eu cefnau a oedd yn tincial wrth iddynt symud, ac roedd siapiau caniau i'w gweld yn amlwg yn y pocedi dwbl ar hyd coesau eu jîns. Doedd dim un ohonynt yn gwisgo masgiau sgïo – eto. Ond roeddwn i'n siŵr eu bod nhw gyda nhw yn rhywle.

Wnaeth neb ddim sylw ohono i, dim ond aros gyda'i gilydd, a phob un yn ceisio peidio â dangos y cyffro a'r ofn a oedd yn corddi ynddyn nhw.

'B-ble mae'r lleill?' gofynnais.

'Fyddan nhw ddim yn hir,' chwyrnodd Terry Quarm. Roedd e'n ceisio ymddangos yn ddidaro ond allai e ddim peidio ag edrych i'r cyfeiriad lle roedd yn disgwyl iddynt ymddangos. Roedd Aaron Byrne a Colin Upton yn gwneud yr un fath. Roedd y tri ohonynt yn edrych fel defaid oedd ar goll.

Roedd hyn yn cadarnhau rhywbeth roeddwn i wedi'i ddeall yn barod. Nid un o'r tri hyn oedd arweinydd criw SUN. Roedd yn rhaid mai un o'r ddau arall oedd yr arweinydd –

Karl Anstice neu bwy bynnag. A rhaid mai un o'r ddau hyn oedd 'Alffa'.

Alffa. Y llythyren gyntaf. Rhif un. Yr arweinydd. A pherchennog y masg sgïo roeddwn i wedi dod o hyd iddo wrth waelod y sgaffaldau.

Ar ôl ychydig funudau o ddisgwyl, edrychodd Terry Quarm i fyny'n sydyn. Roedd dau berson newydd droi'r gornel. Yn syth, daeth ef, Aaron Byrne a Colin Upton draw ataf i.

'Fe ddwedais i y bydden nhw'n dod, on'd do?' meddai Terry Quarm.

Gwyliais y ddau'n nesáu yn y cysgodion, a dim syniad pwy oedden nhw tan i Karl Anstice gamu ymlaen i'r golau.

'Nawr!' gorchmynnodd.

Cydiodd Terry Quarm yn syth ynof o'r tu ôl. Wrth iddo godi un fraich tuag at fy ysgwydd, cydiodd Aaron Byrne a Colin Upton yn y llall. Rhyngddyn nhw, dyma nhw'n fy llusgo i'n gyflym i ffwrdd oddi wrth olau'r lamp a 'nôl i gilfach dywyll, lawn papurach o dan y bont droed.

Dilynodd Karl Anstice yn araf, heb ddangos unrhyw emosiwn ar ei wyneb, na'i lais chwaith wrth iddo siarad.

'Rwyt ti'n dwp, Pete. Ti'n gwybod hynny? Wir yn dwp. Hyd yn oed yn dwpach nag roedden ni'n meddwl.'

'Yn ceisio rhoi gwybod i'r heddlu,' chwyrnodd Terry Quarm yn fy nghlust.

Gwthiodd Karl Anstice ei wyneb yn nes at fy un i. 'Mae hynna'n newyddion drwg, ti'n gwybod. Newyddion drwg.' Trodd. 'On'd yw e?'

O'r tu ôl iddo, camodd y pumed person ymlaen. 'Mae e'n newyddion drwg iddo fe,' meddai Lorna.

Gwelodd Karl Anstice y syndod ar fy wyneb a chwerthin. 'Hei, dwi'n credu y dylwn i eich cyflwyno chi i'ch gilydd. Dyma P-P-Pete,' meddai.

Yna, gan roi ei law ar ysgwydd Lorna, chwarddodd yn dawel. 'A dyma Alffa.'

Pennod Dwy ar Bymtheg

'Lorna.' Mae Shiner yn dweud ei henw heb unrhyw fynegiant. 'Felly dyna sut roedden nhw'n gwybod nad oedd diogelwch y depo bysiau'n ddigonol.'

'Yr un ffordd â Motto,' meddaf. 'Drwy f-fynd drwy eich nodiadau chi heb i chi wybod.'

Mae Shiner yn edrych ar y ffolder, ac yna'n ei thaflu ar y bwrdd rhyngon ni. 'Dwi'n synnu fy mod i gartre'n ddigon hir iddyn nhw fynd drwyddyn nhw,' medd ef. 'Lorna'n enwedig. Roedden ni'n dadlau bob tro roedden ni'n cwrdd.'

'Roedd Motto'n dweud.'

'Doeddwn i ddim eisiau iddi gymysgu â'r criw anghywir. Ond fe es ati o chwith. Ceisio ei gorfodi i wneud beth ro'n i eisiau iddi wneud, yn lle cymryd amser i weld beth roedd hi eisiau.' Mae e'n ysgwyd ei ben ac yn ochneidio. 'Dim rhyfedd iddi fynd ei ffordd ei hun. At rywun roedd hi'n meddwl fyddai'n ei rhoi hi'n gyntaf.'

'At Karl Anstice,' meddaf.

'Ac roedd hi'n un ohonyn nhw? Criw SUN?'

Mae e'n cael cymaint o sioc ag y cefais i. 'Oedd. Fe w-wnaeth hi hynny'n glir yn syth.'

Gwnes fy ngorau i ddeall popeth, a'm breichiau wedi'u tynnu y tu ôl i mi, a Lorna a Karl Anstice o'm blaen.

Roedd Lorna, chwaer Motto, yn un ohonyn nhw? Doedd dim un ohonon ni wedi amau hynny am eiliad. Pam ddylen ni? Doedd y peth ddim yn gwneud synnwyr. Hi oedd yr un oedd wedi ceisio ein rhybuddio ni, ynte?

Hyd yn oed wrth ei gweld o'm blaen, yn sefyll yn agos at Anstice yn union fel roeddwn i wedi'i gweld hi mor aml yn yr ysgol, prin y gallwn gredu'r peth. Yna dyma un syniad yn llenwi fy meddwl ac yn gwthio popeth arall o'r neilltu. Os oedd Lorna'n un ohonyn nhw, roedd hynny'n golygu…

Gallai hi fod wedi bod yn darllen fy meddwl. Y peth nesaf ddwedodd hi oedd, 'Fel y galli di ddychmygu, lwyddais i ddim i roi'r neges i Dad.'

Winciodd Karl Anstice, heb ddangos unrhyw emosiwn. 'Fe roddodd hi'r neges i fi yn lle hynny. Ac fe rannais i hi wedyn gyda gweddill y tîm.'

'Dweud wrth yr heddlu am beth sy'n digwydd heno, ie?' chwyrnodd Terry Quarm, gan droi fy mraich eto rhag ofn i mi anghofio ei fod yno.

Aeth Karl Anstice yn ei flaen. 'A dweud celwydd am ddamwain Motto? Ceisio beio'r peth arnon ni…'

'A ti oedd ar fai drwy'r amser,' poerodd Lorna. 'Fe ddwedodd Karl wrtha i. Doedd dim un ohonyn nhw'n agos at yr ysgol y diwrnod hwnnw.'

Gwthiodd Karl Anstice yn nes ataf, a'i ddyrnau'n cau am ran flaen fy siaced. 'Felly, Pete. Beth ry'n ni'n mynd i'w wneud gyda ti, tybed?'

Arhosodd i roi cyfle i'r tri oedd yn fy nal chwerthin, yna atebodd ei gwestiwn ei hun. 'Fe ddweda i wrthot ti. Ry'n ni'n mynd i dagio'r trenau, yn ôl y cynllun. Rwyt ti'n mynd i'n harwain ni i'r seidins, yn ôl y cynllun. Ac yna ry'n ni'n mynd i dagio pob un o'r trenau 'na.'

'Criw SUN, ie!' poerodd Aaron Byrne.

'Nage. Ddim y tro hwn. Ry'n ni'n mynd i'w taro nhw, o ydyn. Ond y tro hwn dim ond un tag fydd arnyn nhw i gyd...' Daeth yn agos ataf, gan gydio yn fy siaced â'i ddyrnau. 'Dy dag *di*, P-P-Pete.'

Doedd dim byd arall y gallwn i ei wneud, ac roedden nhw'n gwybod hynny. Fyddai dim pwynt gweiddi am help. Doedd dim tai yn agos.

O ran ceisio rhedeg i ffwrdd – dim gobaith. Roedd Terry Quarm, Aaron Byrne a Colin Upton yn fy nghadw o fewn eu cyrraedd. Yr hyn wnaethon nhw oedd fy ngorfodi i arwain o'r blaen, fel mai dim ond fy nilyn roedd angen iddyn nhw ei wneud.

Yn gyntaf, aethon ni dros y wal o dan y bont droed, gan fynd i lawr ryw fetr i'r arglawdd serth. O'r fan honno llithron ni i lawr mewn dim o dro, gan wthio heibio i'r borfa hir ac ambell goeden fach, hyd nes i ni gyrraedd y gwaelod. Roedd hi fel bod mewn byd arall.

Roedd y bont droed a'r lamp stryd fry uwch ein pennau yn y byd roedden ni newydd ei adael. Roedden nhw'n edrych yn ddiogel ac yn gyfforddus. Ond roedd y byd newydd yn llawn tywyllwch a pherygl tawel.

Roedd y pedair rheilffordd oedd yn rhedeg i'r dwyrain o'r seidins yn disgleirio yng ngolau'r lleuad: dwy ar gyfer gwasanaeth y brif reilffordd a dwy i'r trenau tanddaearol. Gallet ti farw'n syth wrth gamu ychydig fetrau.

Yn y pellter, roedd y seidins i'w gweld. Y tu hwnt iddyn nhw, roedd goleuadau Gorsaf Longbridge ei hun yn taflu golau pŵl.

'Ai dyma'r man agosaf y gallen ni fod wedi dod i mewn?' gofynnodd Colin Upton. Roedd e'n swnio'n nerfus.

'Ie,' atebais. 'Dim ond g-gerddi sydd ymhellach i fyny.'

Rhoddodd Karl Anstice ei law ar fy ysgwydd a'm troi tuag ato. 'Wel, mae'n well i ti ddechrau symud, felly. Dwi ddim eisiau bod 'ma drwy'r nos.'

Dechreuais eu harwain, a'r cerrig mân yn crensian yn swnllyd o dan ein traed. Roedd fy meddwl yn gymysg i gyd. Allwn i redeg i ffwrdd? Dim gobaith. I gael unrhyw obaith o gwbl byddai'n well i mi aros tan y bydden ni yn y seidins eu hunain. Yna efallai y gallwn i redeg i ffwrdd yn annisgwyl tuag at y llifoleuadau a'r ardal oedd yn cael ei ffilmio gan y camerâu cylch cyfyng...

Y peth arall oedd yn llenwi fy meddwl oedd cael gwybod mai Lorna oedd Alffa; bod ei thag hi ar gefn y masg sgïo roeddwn i wedi dod o hyd iddo o dan y sgaffaldau.

Roedd Karl Anstice wedi dweud nad oedd un ohonyn nhw yno. Efallai nad oedd e'n gwybod. Efallai mai dim ond hi oedd yno: Alffa, yr arweinydd. Ond... chwaer Motto? Oedden nhw'n casáu ei gilydd gymaint â hynny?

Clywais lais y tu ôl i mi, llais Terry Quarm, roeddwn i'n meddwl, ond roedd hi'n anodd dweud achos ei fod e'n swnio mor sigledig. 'Sut mae pethau lan fanna?' gofynnodd.

Arhosais er mwyn ateb, ond cefais fy ngwthio ymlaen gyda hergwd yn fy nghefn. 'Cer yn dy flaen.'

Cerddais ymlaen, a siarad dros fy ysgwydd. Daeth y geiriau'n syndod o dda.

'Mae'r trac tanddaearol nesaf aton ni'n ymrannu'n chwe thrac arall, y naill ar ôl y llall. Mae'r cyfan yn digwydd ymhen rhyw bum deg metr.'

'Sawl trên sydd ar bob darn?' galwodd Karl Anstice.

'Mae lle i ddau ym mhob pen. Os nad yw'r seidin yn llawn, yn y pen pellaf fydd y rhan fwyaf ohonyn nhw. Maen nhw'n mynd wysg eu cefnau allan o'r orsaf.'

Roeddwn i'n ceisio gwneud i'r pen pellaf swnio'n fwy atyniadol, fel bod llai o ffordd i mi redeg petawn i'n penderfynu ceisio dianc. Ond lwyddais i ddim.

'Fe arhoswn ni y pen yma,' meddai Karl Anstice yn bendant.

Roedden ni'n agosáu. Yn y pellter gallwn weld gwydr cabiau'r gyrwyr yn adlewyrchu'r golau. Roedd y trenau'n ymestyn y tu ôl iddyn nhw fel nadroedd, ac yn diflannu yn y tywyllwch.

Y tu ôl i mi, roedd y lleill wedi bod yn hanner sibrwd ac yn hanner chwerthin bob yn ail. Ond, wrth i ni ddechrau gweld y rhuban o drac trydan yn ymrannu'n ffrydiau arian, aeth popeth yn dawel.

Fi oedd eu carcharor nhw, ond roedden nhw'n dechrau teimlo'r tensiwn hefyd. Roedden ni i gyd yn gwybod y byddai'n rhaid i ni groesi darn o drac, unrhyw funud nawr.

Ac yna, yn sydyn, roedden ni yno. Y tu hwnt i'r ddwy linell gyfochrog, sef y prif reilffyrdd i fyny ac i lawr, roedd ymraniad cyntaf y trac trydan yn amlwg i'w weld.

Arhosais. Y tro hwn, chefais i mo fy ngwthio yn fy mlaen. 'Fan hyn,' meddwn i. 'Ry'n ni'n c-croesi fan hyn.'

'Beth am aros tan y byddwn ni ychydig pellach i fyny?' meddai Colin Upton, a'i wynt yn ei ddwrn.

'Achos ei f-fod e'n saffach. Os croeswn ni fan hyn, gallwn ni ddilyn y trac ar y dde yr holl ffordd i'r seidins. Os arhoswn ni tan y byddwn ni ymhellach i fyny fe fydd hi'n rhy beryglus.'

Trois i edrych arnyn nhw. Symudodd Karl Anstice ymlaen, gan gydio yn fy ngarddwrn, a Lorna'n dynn wrth ei ochr. Aeth y tri arall i'w lle y tu ôl iddyn nhw.

'Bant â ni, 'te,' meddai Karl Anstice. 'A phaid â mentro bod yn glyfar.'

Roedd e'n gwneud y peth yn amlwg. Roedden nhw'n dal i'm gwylio i. Ond roedden nhw'n gwybod cystal â mi ein bod ni wedi cyrraedd y pwynt di-droi'n-ôl. Un llithriad fan hyn, un cam gwag, a marwolaeth fyddai o'n blaenau ni. Marwolaeth boenus.

Camon ni i gyd dros ddwy set y brif reilffordd, a'u llinellau pŵer yn bochio'n uchel uwch ein pennau. Roedd y darn cyntaf o drac trydan yn syth o'n blaenau ni.

A dyna'r teimlad rhyfeddaf. Yr eiliad honno clywais lais Dad, yn atseinio o'r gorffennol. Roedd plant eraill yn cael storïau cyn cysgu pan oedden nhw'n fach. Ond roeddwn i'n cael esboniad sut roedd trên tanddaearol yn gweithio. Dro ar ôl tro.

'Mae'r olwynion yn rhedeg ar ddwy gledren, Peter. Ond mae'r trên yn symud oherwydd ei fod e'n cael trydan o'r gledren sy'n cael ei galw'n gledren fyw. Dyma'r gledren sy'n rhedeg y tu allan i'r ddwy arall. Mae'r trên yn codi'r trydan drwy esgidiau arbennig sy'n cyffwrdd â'r gledren fyw wrth iddo fynd yn ei flaen.'

Byddai Dad yn edrych arnaf wedyn, a byddwn yn syl-weddoli mai pwynt y cyfan oedd rhoi rhybudd na fyddwn i'n ei anghofio.

'Ond nid esgidiau fel rhai plant yw'r esgidiau arbennig hyn, Peter. Does gan bobl ddim esgidiau fel hyn. Felly dydyn nhw byth, byth yn gallu camu ar y gledren fyw yna. Wyt ti'n deall?'

Byddwn i'n nodio'n gysglyd, ac yn dechrau cysgu. Ond nawr, wrth i mi sefyll o fewn cyrraedd i'r rheilffordd, roeddwn i mor effro ag y bûm i erioed.

Yn araf, rhois fy nhroed dros y gledren agosaf ac ar y sliper pren y tu hwnt iddi. Daeth fy nhroed arall draw i'w dilyn. Yna camais dros y gledren ganol, yr un oedd yn cludo'r pŵer o'r trên ac i lawr i'r ddaear. O'm blaen, mor ddiniwed ac mor farwol, dim ond ugain centimetr sydd rhwng cledren arall yr olwyn a'r gledren fyw. Mae'n rhaid camu drostyn nhw gyda'i gilydd. Dim ond herc bach ydy e, dim mwy, ond roedd e'n teimlo fel y pellter mwyaf roeddwn i wedi gorfod ei neidio erioed.

Anadl ddofn, naid fel petawn i'n mynd dros ffens uchel yn hytrach na phâr o gledrau ychydig gentimetrau oddi ar y ddaear, ac roeddwn i drosodd. Gwnaeth y lleill yr un fath yn gyflym, gan roi ochenaid o ryddhad.

Oddi yno, doedd hi ddim yn bell at y trenau tywyll a gwag agosaf. Ceisiais fynd ymhellach, gan geisio eu cael nhw'n ddyfnach i'r seidins ac yn nes at y goleuadau. Stopiodd Karl Anstice fi'n sydyn.

'Does dim eisiau mynd ddim pellach. Fe wnawn ni hwn yn gyntaf.'

Casglodd y lleill o'i gwmpas e, fel petaen nhw'n aros am gyfarwyddiadau. Ond pam Karl Anstice? Os oeddwn i wedi deall y tagiau eraill yn iawn, rhaid mai PSG oedd e. Lorna oedd Alffa, rhif un.

Ces i wybod wedyn.

'Ocê,' sibrydodd Karl Anstice. Gwên fach i bob un. 'Gwisgwch eich masgiau. Mae'r Prif Swyddog Gweithredol yn dweud: dilynwch eich gorchmynion!'

'Dilyn gorchmynion... PSG... Prif Swyddog Gweithredol. Y teitl oedd yn cael ei roi i bennaeth cwmni. Felly Karl Anstice *oedd* yr arweinydd.

Wrth ei ochr estynnodd Terry Quarm, Colin Upton ac Aaron Byrne eu masgiau sgïo a'u tynnu i lawr dros eu hwynebau. Yna wrth i'r caniau chwistrellu ymddangos o'u pocedi fel dryll o'r wain, dyma nhw'n rhedeg i ffwrdd, a brysio gydag ochr y trên.

Mentrais edrych o'm cwmpas. Gyda'r tri ohonyn nhw allan o'r ffordd, efallai y gallwn geisio dianc...

Ond roedd Karl Anstice wedi paratoi am yr eiliad. 'Lorna,' meddai'n swta, gan dynnu darn o raff o'i sach gefn ei hun, 'Clyma'i ddwylo fe. Na' – gwenodd wrth iddo sylweddoli – 'ei fferrau.'

Gorfododd i mi fynd ar fy mhedwar a chlymodd Lorna y rhaff am fy fferrau. Plygodd Karl Anstice yn isel. 'Wyt ti eisiau ceisio hercian dros gledrau byw a'th goesau wedi'u clymu gyda'i gilydd, Pete? Croeso i ti.'

'Ble rwyt ti eisiau i fi sefyll, Karl?' gofynnodd Lorna.

'Aros di i wylio. Os yw e'n ceisio symud, gwaedda.' Symudodd ychydig bellter i ffwrdd, tuag at y cerbyd agosaf a chaban y gyrrwr. Yna, gan edrych 'nôl, sibrydodd un gorchymyn arall. 'Lorna. Gwisga dy fasg.'

Roedd sŵn hisian annaearol wedi dechrau dod o ben pellaf y trên yn barod. Gwyliais Karl Anstice yn tynnu'r sach oddi ar ei gefn a'i hagor yn sydyn. Edrychodd y tu mewn, gan ymbalfalu o gwmpas. Eiliadau'n ddiweddarach roedd wedi gollwng y sach gefn wrth ei draed ac roedd can chwistrellu yn ei law.

Doedd ganddo ddim diddordeb ynof i nawr, dim ond yn yr hyn roedd e'n ei wneud. Gwyliais ef am rai eiliadau, yn troi ac yn trosi, yn ychwanegu lliw a llythrennau ar hap, wedi'i swyno gan yr holl ddinistrio. Dyna oedd yn ei yrru, gallu dinistrio rhywbeth, yn union fel roedd Mam wedi'i ddangos i mi wrth chwistrellu'r cynllun trenau.

Roeddwn i'n dal ar fy mhedwar. Edrychais ar Lorna a dweud, 'Mae hyn yn dwp, Lorna. Fedri di ddim gweld hynny?'

'Nac ydy,' meddai hi. Edrychodd draw tuag at Karl Anstice. 'Ychydig ar ôl i ni ddod at ein gilydd aeth Karl â fi i baentio'r Gofeb Ryfel. Dyna'r ymosodiad cyntaf i fi. Y diwrnod canlynol roedd sôn am y peth yn y papurau. Roedd e'n wych. Am y tro cyntaf erioed, ro'n i'n teimlo 'mod i'n cael sylw. Ro'n i wedi cael bywyd.'

'Bywyd? Dwed hynny wrth Motto.'

Wrth glywed sôn am enw ei brawd, plygodd hi'n nes ataf, a'i llais yn isel, fel petai ddim eisiau i Karl Anstice glywed.

'Fe geisiais i ei rybuddio fe, y tro hwnnw yn y ganolfan siopa. Ond doedd e ddim eisiau gwybod, oedd e? Hyd yn oed pan welais i'r ddau ohonoch chi yn y depo bysiau...'

Y gwyliwr wrth y ffens. Y gwyliwr oedd wedi cael gormod o syndod i wneud ei gwaith a gweiddi i rybuddio'r lleill.

'Wrth y ffens? Ti oedd honna? Ond – fe ddwedaist ti mai ti oedd Alffa. Gwelais i d-dag Alffa ar un o'r bysiau 'na.'

'Karl oedd hwnna. Fi sydd fel arfer yn gwylio. Mae e'n tagio drosta i. Mae e'n fy ngharu i.' Daeth hi'n nes eto, a'i llygaid yn llawn dagrau. 'Fe roddodd e fy nhag i arnat ti a Mark. Y noson honno yn y caban.'

'Dy – dy syniad di oedd h-hwnna?'

'Fel dwedais i, ro'n i eisiau eich cadw chi draw. Ro'n i'n meddwl y byddai cael y criw i ymosod arnoch chi fel 'na yn codi ofn arnoch chi.'

Ond roedd hi wedi gwneud camsyniad mawr. Roeddwn i'n gwybod hynny. Allai hi ddim gweld y peth?

'Ond ch-chafodd Motto ddim ofn, do fe? I'r gwrthwyneb, cael ei ddenu'n fwy wnaeth e. Roedd e eisiau'r sylw, yr un peth â ti. Ac ro'n i'n barod i'w ddilyn e.'

'Fel dafad!' poerodd Lorna. 'Fel rwyt ti wedi'i wneud erioed! Doedd gen i ddim mam, doedd gen i ddim tad. A gyda ti o gwmpas, doedd gen i ddim brawd hyd yn oed!' Unwaith eto edrychodd draw at Karl Anstice. 'Nawr o leiaf mae gen i rywun. A gallwn i fod wedi'i golli fe…'

Doedd hi ddim yn canolbwyntio'n ddigon da nawr. Symudais fy nwylo i lawr y tu ôl i'm cefn a cheisio teimlo'r cwlwm yn y rhaff oedd yn clymu fy fferrau. Wrth i'm bysedd ddechrau gweithio arno ceisiais ei chadw i siarad.

'Wedi'i golli fe? Am beth rwyt ti'n sôn?'

'Ar ôl iddo fe ddweud wrthoch chi'ch dau am dalu'r pwyth 'nôl i Mr Stowell, a dweud y gallech chi ymuno â'r criw tasech chi'n gwneud hynny. Doeddwn i ddim eisiau i chi ymuno. Fe gawson ni ffrae am y peth. Fe ddwedais i fod yn rhaid iddo fe ddewis rhyngoch chi'ch dau neu fi.'

Roedd popeth yn dod yn gliriach. Roedd hi wedi clywed y ddadl roeddwn i wedi'i chael â Motto. Roeddwn i wedi'i gweld hi yn y ffenest wrth adael. Roedd hi'n gwybod nad oeddwn i'n mynd i'w wneud e. Roedd hi'n gwybod mai dim ond rhwystro Motto oedd eisiau.

'Felly dyna pam e-est ti i'r ysgol ar ei ôl e,' meddwn i.

'Fi?'

Roeddwn i'n ceisio gwneud dau beth nawr. Hyd yn oed wrth i'm bysedd ryddhau'r cwlwm, roeddwn i'n ceisio dod at y gwir am beth ddigwyddodd i Motto hefyd.

'Fe dd-dwedais i wrthot ti. Roedd rhywun arall yno! Dwi'n g-gwybod eu bod nhw!'

'Dwyt ti ddim yn gall.'

'Na, dwi ddim. Fe ddes i o hyd i dy fasg di, Lorna. Gyda thag Alffa arno fe.' Hyd yn oed wrth i mi ddweud hyn, y tu ôl i mi, teimlais y cwlwm wrth fy fferrau'n dod yn rhydd.

Camodd hi 'nôl oddi wrthyf; roedd hi'n amlwg nad oedd hi'n gallu deall. Rhoddodd ei llaw i mewn i'r sach gefn a'i bysedd yn crynu, yna edrychodd i lawr ar y peth roedd hi wedi'i dynnu allan.

Masg sgïo oedd e.

Masg sgïo gyda'r tag PSG.

Roeddwn i, hyd yn oed, yn gallu gweld mai dim ond un eglurhad oedd. Rywsut roedd yn rhaid bod Lorna a Karl Anstice wedi cymryd masgiau ei gilydd ar ôl bod allan yn paentio. Roedd hi wedi cymryd ei fasg ef. Felly, yr unig esboniad oedd...

Roedd Karl Anstice yn edrych fel petai'n mwynhau ei hun wrth symud yn agosach aton ni, yn barod i baentio ochr draw'r cerbyd. Karl Anstice, oedd – ar ôl dweud wrth Lorna am wisgo'i masg – wedi edrych yn ei sach gefn, wedi teimlo o gwmpas fel petai'n chwilio am ei fasg e, ac yna wedi gollwng y sach wrth ei draed heb wisgo'i fasg ei hun.

171

Galwais arno. 'Hei, Karl. Ble mae dy fasg di? Pam nad wyt ti'n ei wisgo fe?'

Atebodd Lorna drosto, yn ei amddiffyn, heb gredu'r dystiolaeth drosti ei hun o hyd. 'Achos mae ei fasg e gyda fi, dyna pam.' Gan estyn y masg oedd â thag PSG arno, camodd draw at Karl Anstice. 'Dyma ti. Mae'n rhaid bod fy masg i gyda ti.'

Symudais yn araf er mwyn codi ar fy nhraed, a rhoi fy nhraed yn gadarn yn y cerrig mân. Roeddwn i'n barod i redeg. Ond cyn i mi wneud hynny, roedd yn rhaid iddi wybod; roedd yn rhaid iddi weld y dystiolaeth drosti ei hun.

'Rh-rho ei masg hi iddi, 'te,' gwaeddais.

Ceisiodd Karl Anstice anwybyddu'r peth. Rhoddodd ei law yn ei sach gefn, ac esgus edrych y tu mewn cyn dweud. 'Mae'n rhaid 'mod i wedi'i adael e yn rhywle.'

Trodd Lorna tuag ataf. Roedd hi'n credu Karl Anstice o hyd, ac yn fy nghasáu i.

Yna dangosais y masg iddi. Tynnais ef allan o'm siaced, a'i estyn iddi gael ei weld. 'Fe w-wnaeth e ei adael e ar ôl, Lorna. Yn yr ysgol, ar ddiwrnod damwain Motto. Dyma fe. Fe dd-ddes i o hyd iddo fe.'

Chafodd hi ddim cyfle i ymateb. Yr eiliad honno, dyma lond y lle o oleuadau'n cael eu cynnau. Goleuadau llachar dros ben, nid dim ond y rhai ym mhen pellaf y seidins roeddwn i'n gwybod amdanynt, ond rhai agos iawn hefyd.

'Arhoswch lle rydych chi, bawb,' gorchmynnodd llais mawr allan o fegaffon.

Gydag ochr y trên dyma Terry Quarm, Colin Upton ac Aaron Byrne yn rhewi, wedi'u dal fel cwningod yng ngolau blaen car. Dim ond Karl Anstice ymatebodd. Tynnodd ym mraich Lorna gan ei throi a dechrau rhedeg, 'nôl tuag at y ffordd roeddwn i wedi dod â nhw.

Cyrhaeddodd Karl Anstice y man lle roedden ni wedi croesi, yna oedodd am eiliad, yna rhuthrodd yn ei flaen gan hanner arwain a hanner llusgo Lorna a sgrechiai yn uchel ar draws y trac trydan a chroesi gan osgoi'r gledren fyw o fewn trwch blewyn...

Hyd yn oed wrth i mi ddweud hyn wrth Shiner a Mam rwy'n oedi am eiliad ac yn edrych arni hi. Mae hyn oherwydd fy mod i'n gofyn cwestiynau i mi fy hunan, o gornel dywyll yn fy meddwl.

Oeddwn i wedi meddwl am yr hyn wnes i nesaf? Oeddwn i wedi ystyried y gallai Lorna gael ei lladd, nad oedd Shiner yn haeddu colli'i ddau blentyn? Oeddwn i wedi meddwl am eiliad y gallwn i gael fy lladd fy hunan?

Na, yn yr eiliad honno, y cyfan a wyddwn i oedd bod rhaid i mi wneud fy ngorau glas i achub Lorna, yn union fel roeddwn i'n gwybod nad oedd gen i ddewis ond dringo'r sgaffaldau i helpu Motto.

Heb feddwl, roeddwn i wedi mynd ar eu holau nhw...

Baglais dros y cerrig mân, gan wneud iddyn nhw dasgu i bobman. Wrth i mi agosáu at y gyffordd, llithrodd fy nhroed, gan wneud i mi ei gosod yn agos at y gledren fyw. Felly cafodd Karl Anstice eiliadau ychwanegol i ddianc, i fynd yn agos at yr arglawdd roeddwn i'n gwybod ei fod eisiau ei gyrraedd.

Roedd fy nghalon yn curo wrth i mi godi ar fy nhraed, camu dros y gledren fyw, dros yr un nesaf, a dechrau rhedeg eto. Roedden nhw wedi cyrraedd y ddau brif drac. Roedd Lorna'n edrych fel petai'n ceisio dal Karl 'nôl, ond roedd e'n ei llusgo ymlaen, gan droedio'i ei ffordd yn ofalus ar draws cledrau'r rheilffordd.

Ond roeddwn i'n rhedeg yn gyflym nawr. Doedd dim byd i'm dal 'nôl. Gan neidio dros reilffordd y trenau oedd yn mynd i lawr, cyrhaeddais y trac nesaf yn union wrth iddyn nhw ei groesi. Naid arall ac roeddwn i o fewn herc iddyn nhw.

Plygais ymlaen a chydio yn ei siaced, gan ei dynnu'nôl, a'i atal rhag dringo'r arglawdd. Collodd ei gydbwysedd a finnau hefyd, a rholiodd y ddau ohonon ni fel boncyffion coed i lawr i'r cerrig mân eto.

Ceisiodd fy ysgwyd i ffwrdd, gan fwrw ei freichiau'n wyllt fel petai cath yn ei grafangu. Baglais, gan gwympo ar fy mhedwar mewn cawod o gerrig mân. Cyn i mi sylweddoli roeddwn i ar fy nghefn, a'm pen drwch blewyn i ffwrdd o'r gledren agosaf.

Syrthiodd Karl Anstice ar fy mhen yn wyllt gacwn, gan ddefnyddio'i bengliniau i'm gwasgu i lawr, gan gydio yn fy mreichiau a cheisio'u troi uwch fy mhen.

'Lorna, helpa fi!' bloeddiais.

Ond dim ond sefyll wnaeth hi, wedi'i syfrdanu. Roedd hi fel petai ddim eisiau mynd ymlaen heb Anstice ond doedd hi ddim yn gallu ei helpu chwaith. Roedd yn rhaid i mi ei darbwyllo hi.

'Lorna. Mae'n rhaid i ti fy nghredu i. Roedd e yno!'

Wrth i mi weiddi, edrychodd Karl ar Lorna. Dyna fy nghyfle. Defnyddiais fy egni i gyd i'w wthio a'i daflu oddi arnaf a rholio ar ei ben. Cydiais yn ei fraich, a'i thynnu 'nôl dros ei ben ac at y gledren oedd ychydig gentimetrau i ffwrdd.

'Roedd e yno!' gwaeddais. 'Fe oedd yr un w-wthiodd yr ysgol i lawr!'

'Paid â'i gredu fe, Lorna.'

Fe ddes o hyd i nerth o rywle. Roedd e'n stryffaglu, yn ceisio fy ngwthio i ffwrdd, ond doedd e ddim yn gweithio. Roeddwn i wedi rhoi fy mhengliniau ar ei frest ac yn gwasgu i lawr â'm holl nerth. Gwthiais ei law yn agosach eto at y gledren.

'Dwed wrthi!'

Mae e'n gwybod beth dwi'n ei wneud ac mae ofn yn ei lygaid nawr, ofn go iawn. 'Lorna! Stopia fe!' gwaedda.

'Dwed wrthi!'

Roeddwn i wedi cael ei law'n agos at y gledren nawr. Gallwn i ei gadael hi yno neu ei gwasgu i lawr fel roeddwn i ei eisiau, ac roedd e'n gwybod hynny.

'Dwed wrthi!' Dwi'n sgrechian eto.

'Ie, fi wnaeth e! Fi wthiodd yr ysgol i lawr!'

Wrth ei glywed yn cyfaddef hyn, mae llygaid Lorna'n cau am eiliad, fel petai'n gweld ei bywyd yn mynd fel trên o'i blaen.

Gwaeddodd Karl Anstice arni. 'Hen gachwr bach oedd e, Lorna! Roedd e'n ofni uchder! Allwn i ddim gadael i rywun fel 'na ymuno â'r criw! Roedd yn rhaid i mi roi prawf iddo fe!'

Roedd wyneb Lorna fel carreg. Camodd ymlaen, yn agos aton ni. Roedd hynny'n ddigon. Gallwn weld ei bod hi'n gwybod y gwir.

175

Roeddwn i ar fin gollwng llaw Anstice pan roddodd hi ei throed ar fy ngarddwrn a gwasgu i lawr.

Wrth deimlo'i fysedd yn cyffwrdd â metel oer y gledren, sgrechiodd Anstice...

Eiliadau'n ddiweddarach roedd Shiner a'i ddynion o'n cwmpas ni. Wrth iddyn nhw lusgo corff llipa Anstice i ffwrdd o'r trac, dyma Lorna'n troi o'r neilltu, wedi'i llethu gan yr hyn roedd hi newydd ei wneud.

'Ydy... ydy e wedi marw?' Bu bron iddi dagu ar y geiriau.

Bu bron i mi chwerthin. Doedd hi ddim yn sylweddoli. Doedd dim un ohonyn nhw wedi sylweddoli. Pwyntiais at y ceblau pŵer fry uwch ein pennau, yn union fel roedd Dad wedi'u hadeiladu yn ei gynllun trenau.

'Wedi ll-llewygu mae e, siŵr o fod. Y brif reilffordd yw hon. Dyw'r trac ddim wedi'i drydanu.'

Pennod Deunaw

'Am unwaith, roedd hi'n dda fy mod i'n gweithio cymaint,' meddai
Shiner. 'Mae nos Sul yn noson boblogaidd i'r rhai sy'n tagio. Ro'n i
eisiau gadael ychydig o gyfarwyddiadau ar gyfer y diwrnod nesaf, pan
fyddwn i'n dod 'nôl fan hyn i'r ysbyty. Felly gwrandewais i ar neges-
euon peiriant ateb yr Uned, rhag ofn.'

'A chael fy n-neges i.'

Mae'n nodio. 'Ac rwyt ti'n gwybod gweddill yr hanes.'

Yn araf, mae Shiner yn cau'r ffolder ar ei gôl ac mae e'n gwenu
arnaf o ochr draw'r bwrdd coffi isel. Mae popeth ar ben. Nawr mae
e'n gwybod y stori i gyd – fy stori i a Motto. A dwi'n gallu dweud ei
fod e'n fy nghredu, hyd yn oed cyn iddo ddweud:

'Diolch, Pete. Diolch.'

Dwi'n edrych o'm cwmpas. Mae'n teimlo fel petaen ni wedi bod
yn yr ystafell ymwelwyr 'ma ers oriau. Yn ystod y cyfnod hwnnw
mae'n teimlo'n union fel mai ni yw'r unig bobl yn y byd. Nawr, mae
synau a golygfeydd eraill yn torri i mewn: nyrsys yn brysio yma a
thraw; arogl yr ysbyty'n hongian yn yr awyr; yr arwydd yn pwyntio i
lawr y coridor at y man lle mae Motto'n dal i orwedd.

Ac unwaith eto dwi'n ymwybodol fod Mam yn eistedd wrth fy
ochr. Prin mae hi wedi symud ers i mi ddechrau siarad, ond nawr
mae hi'n rhoi llaw ar fy mraich.

'Wyt ti eisiau mynd adref?'

'Ga i weld M-Motto gyntaf?'

177

Mae'r tri ohonom yn gwneud ein ffordd i lawr y coridor ac i'r ward fach lle mae gwely Motto. Mae ei lygaid ar gau ac mae ei wyneb yn edrych fel petai'r bywyd wedi cael ei sugno allan ohono – fel mai fe yw'r android nawr, ac nid y pennaeth.

Mae Lorna'n eistedd yno wrth ei ochr, nesaf at ei mam. Mae Shiner yn mynd o gwmpas i eistedd rhyngddyn nhw, ac yn cydio yn llaw'r naill a'r llall. Teulu delfrydol Motto, ac yntau'n methu â'u gweld nhw – eto.

'Sut mae e?' gofynnaf.

Mae mam Motto yn edrych ar Shiner, ac yna arnaf i. 'Mae e ychydig yn well, Pete. Mae'r meddygon yn dweud bod arwyddion ei fod e'n dod allan o'r coma. Mae e'n dechrau dihuno.'

Mae hi'n edrych fel petai hi'n mynd i ddweud rhagor, ond yna mae hi'n tagu. Shiner sy'n dweud y cyfan drosti.

'Maen nhw'n dweud hefyd y gallai e fod wedi cael ychydig o niwed i'w ymennydd. Dim byd difrifol, ond—'

'Efallai...' medd mam Motto'n araf, fel petai hi'n cofio rhyw ddiwrnod amser maith yn ôl, 'efallai na fydd e mor glyfar ag roedd e. Wyt ti'n deall?'

Dwi'n deall yn iawn. Mae hi'n dweud, pan fydd e'n dihuno, y gallen ni fod yn gyfartal. Dau android. Dwi ddim yn gwybod a fydda i'n gallu ymdopi â hynna. Ychydig amser yn ôl fyddwn i ddim yn gallu, yn bendant, ond nawr – efallai. Ond wedyn, efallai na ddaw hi i hynny.

Eto, dwi'n nodio a dweud, 'Ydw. Ydw, dwi'n deall.'

Mae Lorna'n estyn am law ei mam, ond mae hi'n edrych arna i. 'Mae Mark yn mynd i fod yn iawn, Mam. Rydyn ni yma i'w helpu e. Pob un ohonon ni.'

*

178

Dwi ddim yn siarad llawer ar y ffordd adref achos fy mod i'n meddwl, yn rhoi cynnig ar rai atebion – atebion dwi wedi'u cael i'r cwestiynau roeddwn i'n eu gofyn i mi fy hun wrth i mi ddweud wrthyn nhw beth ddigwyddodd yn y seidins.

O'r diwedd dwi'n gwybod bod yn rhaid i mi roi tro ar ddweud yr atebion wrth yr unig berson a all brofi i mi a ydw i'n gywir neu'n anghywir.

'Mam. Ti'n gwybod pan es i ar ôl Karl Anstice...' dechreuaf.

Mae hi'n nodio ond heb ddweud dim, mae'n gadael i mi siarad yn fy amser fy hun.

'Feddyliais i ddim am y perygl. Ac roedd yr un peth yn union pan ddringais i ar y sgaffaldau 'na ar ôl Motto. Feddyliais i ddim am y perygl bryd hynny, chwaith. Feddyliais i ddim amdanaf i.' Dwi'n troi i edrych arni, gan obeithio ei bod hi'n gwybod cymaint mae hi'n ei olygu i mi. 'Feddyliais i ddim amdanat ti.'

Dwi'n amau ei bod hi'n gwybod beth sy'n mynd drwy fy meddwl cyn fy mod i, hyd yn oed, yn sylweddoli hynny, ond eto dyw hi ddim yn dweud dim.

'Dyna... dyna sut roedd hi gyda Dad, ynte? Pan fuodd e farw?'

Nawr mae hi'n siarad, yn dawel.

'Ie, Peter. Dwi'n siŵr mai dyna sut roedd hi. Pan welodd e'r trên yn dod tuag ato fe, doedd ganddo fe ddim amser i feddwl. Y cyfan y gallai e ei wneud oedd gwneud beth roedd ei galon yn dweud wrtho am ei wneud.'

'Dal ati. Gwneud ei orau glas i rwystro damwain. Achub y bobl ar y trên 'na.'

179

'Ac fe dalodd e am hynny â'i fywyd. Fe fuodd e farw achos ei fod e'n meddwl amdanyn nhw...'

'Nid achos ei fod e wedi anghofio amdanaf i. Ydw i'n iawn?'

Mae hi'n edrych arna i wedyn, ac yn ei llygaid mae'n union fel petai ei gweddi wedi cael ei hateb. 'Rwyt ti'n iawn,' meddai hi.

Mae'n union fel petai cwmwl enfawr wedi codi, a dwi'n dal i deimlo'n benysgafn wrth i ni gyrraedd adref. Felly dim ond wrth i mi gerdded am y drws ffrynt dwi'n sylweddoli fy mod i ar fy mhen fy hun. Mae Mam wedi mynd yn gyflym i lawr gydag ochr y tŷ ac mae hi'n datgloi drws y garej.

Y tu mewn, ar ôl deall yr hyn dwi newydd ei ddeall, prin y galla i edrych ar y cynllun trenau sy'n baent i gyd, a chofio Dad a'r galon fawr a dreuliodd gymaint o amser yn ei adeiladu. Ond mae Mam yn tynnu ei chôt yn barod ac yn edrych ar y cynllun yn ofalus.

'Fe allwn i lanhau hyn i gyd mewn wythnos neu ddwy, ti'n gwybod.' Mae hi'n sylwi fy mod i'n edrych yn syn. 'O ddifrif nawr. Ychydig bach o eli penelin, dyna i gyd. Dwi wedi glanhau graffiti o'r blaen!'

Mae hi'n cerdded o gwmpas y cynllun, ac yn pwyntio at y difrod i'r gwahanol rannau. 'Dyw hwnna ddim cynddrwg â hynny. Fyddwn ni ddim yn hir yn glanhau hwnna...'

Yn sydyn mae hi'n stopio. Mae un person model bach wedi llwyddo i osgoi'r paent. Mae hi'n ei godi. Un o'r dwsinau o weithwyr rheilffordd roedd Dad wedi'u gwneud a'u rhoi mewn gwahanol fannau ar y cynllun.

'Wel, edrych ar hwnna! Dy dad yw hwnna, ynte?'

Un bach cryf a chydnerth. Yn gwisgo iwnifform gyrrwr. Dwi'n gallu gweld beth mae hi'n ei feddwl. Mae'r person bach yn fy atgoffa ohono, fel petai Dad wedi bod yn chwarae rhyw jôc fach breifat wrth ei wneud e.

Ond mae hon yn jôc nad yw'n gwneud i mi chwerthin. Mae'r geiriau'n llithro allan, yn union fel maen nhw wedi gwneud o'r blaen. 'Dwi'n gweld ei eisiau e, Mam. Dwi'n dal i weld ei eisiau e. Trueni nad yw e'n dal yma.'

'O, Peter. Mae e yma.'

Am eiliad dwi'n meddwl bod Mam yn gwneud jôc wael ei hunan, ei bod hi'n siarad am y person bach.

Ond dyw hi ddim. Dwi'n gallu gweld hynny o'r ffordd mae hi'n edrych arnaf i.

'Dwi o ddifrif. Mae e yma. Dwi'n gallu'i weld e, hyd yn oed os nad wyt ti'n gallu.' Mae hi'n ochneidio. 'Dwi'n ei weld e bob tro dwi'n edrych arnat ti.'

Wrth i mi symud at ei hochr, dwi'n sylweddoli am y tro cyntaf fy mod i nawr yn dalach na hi.

'Dwi'n ei glywed e pan fyddi di'n siarad,' meddai hi. 'Dwi'n ei weld e pan fyddi di'n gwenu. Dwi'n ei deimlo fe pan fyddi di'n agos. O, Peter, edrych yn fanwl yn y drych. Rwyt ti'n union fel dy dad.'

Mae hi'n ymestyn ac yn rhoi ei dwylo ar fy ysgwyddau. 'Dwyt ti ddim yn gweld, cariad? Dwyt ti ddim yn deall? Mae dy dad yn dal yn fyw. Mae e'n byw trwyddot ti.'

Yn yr eiliad honno dwi *yn* gweld. Dwi *yn* deall.

Ac felly dwi'n gwneud yr unig beth dwi'n gallu ei wneud i brofi'r peth iddi hi. Dwi'n tynnu'r ffotograff papur newydd sydd wedi melynu oddi ar y bwrdd, ac yn ei rwygo'n ddarnau mân.

Yna dwi'n siarad.

Am Dad.

Am y pethau sydd i ddod – yr achosion llys a sut y bydd rhaid i mi dderbyn beth bynnag ddaw.

Am Motto, fy ffrind Motto, a beth wnawn ni pan fydd e o gwmpas eto. Am sut bydd fy angen arno i'w helpu, i ddangos y ffordd iddo, i ddysgu pethau iddo.

Dwi'n siarad ac yn siarad.

Ac mae tipyn o amser yn mynd heibio cyn i mi sylweddoli nad ydw i wedi cael atal dweud unwaith ers i ni adael yr ysbyty.

**Llyfrau eraill gan
RILY . . .**

Ydych chi am fentro i ryfeddod byd ofnadwy Anthony Horowitz!?

ANTHONY **HOROWITZ**
ADDASIAD MARI GRUFFYDD
OFN

978-1-904357-17-9

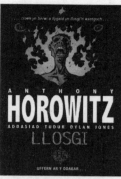

ANTHONY **HOROWITZ**
ADDASIAD TUDUR DYLAN JONES
LLOSGI

978-1-904357-20-9

ANTHONY **HOROWITZ**
ADDASIAD TUDUR DYLAN JONES
BWTHYN TRO

978-1-904357-19-3

ANTHONY **HOROWITZ**
ADDASIAD TUDUR DYLAN JONES
CAMERA CREULON

978-1-904357-18-6

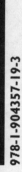

ANTHONY **HOROWITZ**
ADDASIAD TUDUR DYLAN JONES
BWS Y NOS

978-1-904357-22-3

ANTHONY **HOROWITZ**
ADDASIAD TUDUR DYLAN JONES
Y FFÔN YN MARW

978-1-904357-21-6

Lleidr yw Luke. Mae e'n gwybod bod troseddu *yn* talu.
Beth bynnag, pa ddewis arall sydd i rywun fel fe?

Mae gan Luke ddewis. Ydy e'n gallu gadael ei hen ffrindiau
a byw'n onest?

Hefyd gan Michael Coleman yn Gymraeg: *TAG*.

www.rily.co.uk

£4.99

978-1-904357-23-0

Tair ar ddeg oedd yr oedran delfrydol! Byddai pethau'n digwydd ar ôl i mi gael fy mhen-blwydd yn dair ar ddeg!

Dyma dair stori ar ddeg am yr antur a'r anhawster, yr her a'r hwyl, o fod yn dair ar ddeg oed. Trwy gyfrwng straeon craff a diddorol, mae tri ar ddeg o awduron arbennig yn treiddio'n ddwfn i'r teimlad unigryw hwnnw o gyrraedd eich arddegau.

"Gwnewch y gyfrol hon yn llyfr darllen dosbarth ym Mlwyddyn 8 a rhowch rywbeth i'r plant sy'n siarad yn uniongyrchol â nhw." BOOKS FOR KEEPS

www.rily.co.uk

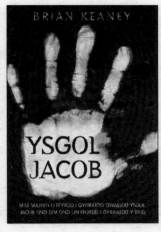

£5.99

978-1-904357-26-1

'Doedd dim yn ei feddwl, dim yw dim, fel petai wedi agor
cwpwrdd ei gof a'i gael yn hollol wag.'

Mae bachgen yn deffro ynghanol cae. All e ddim cofio sut
cyrhaeddodd e yno neu hyd yn oed pwy yw e go iawn.
Y cyfan mae e'n ei wybod i sicrwydd yw ei enw, Jacob...

"Mae Brian Keaney yn awdur talentog. Rwy'n cymeradwyo ei
amcan difrifol ac yn edrych ymlaen at ddarllen rhagor o'i waith
yn y dyfodol." PHILIP PULLMAN

www.rily.co.uk

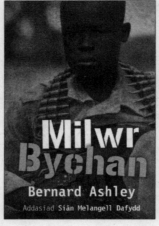

Milwr Bychan

Bernard Ashley

Addasiad Siân Melangell Dafydd

£5.99

978-1-904357-27-8

Ar ôl i Kaninda fyw drwy ymosodiad ciaidd ar ei bentref yn Nwyrain Affrica, mae'n ymuno â byddin y gwrthryfelwyr, lle mae'n dysgu sut i gario arfau a'u defnyddio.

Ond daw gweithwyr dyngarol ag ef i Lundain lle caiff fynd i ysgol gyfun. O'i gwmpas ymhobman mae gwrthdaro rhwng gangiau ac, ar y strydoedd, mae llwythau trefol yr ystadau'n mynd ben-ben â'i gilydd.

Dyhead Kaninda yw dychwelyd i Affrica i ymladd yn ei ryfel ef a dial ar ei elynion. Ond gyda Laura Rose, merch ei deulu newydd, caiff ei sugno i mewn i frwydr leol beryglus sy'n bygwth mynd dros ben llestri.

'Stori afaelgar a theimladwy.' TES

'Mor gyffrous nes i mi gael trafferth troi'r tudalennau'n ddigon cyflym!'
THE SCHOOL LIBRARIAN

Hefyd gan Bernard Ashley yn Gymraeg: *TŶ DIAL*, ISBN 9781904357-28-5

www.rily.co.uk